KB046109

"그런 모 아니면 도 같은
카운터는 좀 더 멋진 장면에서
날려야 한다곰~."

그 남자가 레이의 앞에 선 순간이
그 누구에게도 보이지 않았다.

인피니트 덴드로그램
5. 가능성을 잇는 자들

카이도 사콘 지음
타이키 일러스트
천선필 옮김

"프랭클리이이이이이인!!"

오른팔을 잃고,
네메시스를 떨어뜨렸는데도 불구하고
레이는 프랭클린을 향해 달려갔다.

지금 레이는 그러기 위해
이곳으로 왔으니까.
그것이야말로
레이가 여기에 온 목적이니까.

"프랭클리이이이이이인!!"

Character

레이
레이 스탈링 / 무쿠도리 레이지

초보 플레이어로서 〈Infinite Dendrogram〉에 발을 내딛은 청년.
기본적으로는 순하지만 양보할 수 없는 것을 위해서는
몇 번이든 맞서는 강한 의지를 지니고 있다.

네메시스
네메시스

레이의 엠브리오로 나타난 소녀.
대검이나 도끼창으로 변화하는 능력과 입은 대미지를
두 배로 돌려주는 《복수는 나의 것》이라는 특수능력을 지니고 있다.

루크
루크 홈즈

레이와 파티를 짜고 있는 절세 미소년.
직업은 [포주]이며 테임 몬스터와 함께 싸운다.
엠브리오는 TYPE : 가드너인 [타락천마 바빌론].

마리
마리 애들러

〈DIN〉이라는 정보상 집단에 소속된 [기자]로서
여러 가지 정보를 다루고 있는 플레이어.
사건에 자주 휘말리곤 하는 레이에게 흥미를 품고 접근했다.

슈우
슈우 스탈링 / 무쿠도리 슈이치

레이를 게임으로 끌어들인 장본인이며 레이의 실제 형.
인형 옷을 입고 있는 이유는
현실 얼굴 그대로 캐릭터를 작성해버렸기 때문.

인피니트 덴드로그램

5. 가능성을 잇는 자들

카이도 사콘 지음 타이키 일러스트
천선필 옮김

커버 그림, 본문 일러스트 | **타이키**

Contents

P 08 | **분석화**
[■■]에 의한 분석

P 12 | **제1화**
플랜 C

P 36 | **제2화**
가능성을 잇는 자들

P 63 | **제3화**
그 이름은……

P 82 | **제4화**
[파괴왕] 슈우 스탈링

P 116 | **제5화**
게임 세트

P 144 | **에필로그A**
〈초급〉들의 경우

P 172 | **에필로그B**
자매

P 186 | **에필로그C**
언브레이커블 레이

P 200 | **중기**

P 203 | **번외화**
옷 갈아입기

P 221 | **번외화**
레이지의 일상 / 레이와 네메시스의 일상

P 266 | **후기**

■중앙 대투기장 관객석 [■■] ■■■■■

"이봐, 형씨! 봤어? 대단해! 저 꼬맹이 대단하다고!"

"네, 진짜 대단하네요!"

옆자리에 앉아 있던 중년 남자 티안에게 적당히 대답하며 나도 중계 영상을 분석했다.

중계되기 시작한 시점에서 사고가 대인용에서 전술분석용으로 전환되었다.

[대교수(기가 프로페서)] Mr. 프랭클린이 왕국의 티안을 절망시키기 위해 진행한 중계는 이미 알고 있던 성을 가진 청년…… 레이 스탈링이라는 루키의 역전 승리로 인해 프랭클린이 의도한 것과는 정반대의 결과를 가져왔다.

왕국을 절망시키고 〈마스터〉에 대한 불신을 키우기 위해 실행한 이 테러는 지금 시점에서 반쯤 와해되었다고도 할 수 있지만, 아직 게임판 위에 있는 말이 전부 사라진 것은 아니었다.

프랭클린이 꾸민 음모가 전부 박살 난 것도 아니다.

게임판의 상황을 정리한다. 이 기데온을 무대로 삼아 프랭클린이 시작한 이 게임에서 현재 시점까지 남아 있는 양쪽 말의 숫자를 세어본다.

우선 기데온의 전력. 결투 1위 '무한연쇄' 봉인, 4위 '검은 까마귀'와 8위 '유랑금해'는 이 중앙 대투기장의 결계 안에 구속된 상태.

6위 '가면기병'과 7위 '염노'는 교전으로 인해 퇴장.

2위 '요괴 고양이 저택', 3위 '단두대', 5위 '골식(骨喰)'은 부재 중. 9위 이하는 생략.

결계가 해제되면 1위, 4위, 8위는 다시 행동이 가능하며, 그로 인해 앞으로 전황을 좌우하게 될 것이다. 특히 1위는 단독으로 프랭클린의 목을 딸 수 있다.

결투 랭커를 제외한 외부 〈마스터〉들도 감소 중. 단, 서문 주변에서 행동불가능 상태에 빠진 사람들은 [동결]에 의한 구속이기 때문에 해제되면 복귀 가능.

〈초급 킬러〉로 추측되는 반응은 로스트. 단, 은밀 상태로 이행했다는 이유로 반응이 로스트 되었기에 생존은 확정.

루키 쪽은 현재 시점에서 절반 정도인 열두 명이 생존.

단, 가장 전공이 큰 레이 스탈링은 중상으로 인해 전투를 계속 벌일 수 있을지 의문.

그에 비해 프랭클린의 전력. 고용한 〈마스터〉는 서서히 구축되고 있다.

또한, 시가지에 해방된 몬스터도 그 숫자가 줄어들었다.

단, 아직 격납 상태인 몬스터도 남아 있기에 전력 증강은 가능.

프랭클린이 직접 마련한 것으로 보이는 세 말은 격파당했다.

'가면기병'을 해치운 벨도르벨은 〈초급 킬러〉에게 쓰러졌고, '염노'를 포함한 수많은 〈마스터〉들을 묶어둔 유고 레셉스는 루크라는 루키에게 사로잡혔고, 근위기사단에게 큰 피해를 입힌 [RSK(레이 스탈링 킬러)]는 레이 스탈링에게 타도되었다.

정리한 결과, 게임판 위에 남아 있는 말은 그렇게 많지 않다.

하지만 결계에 갇혀 있는 말, 프랭클린이 아직 아껴둔 개조 몬스터가 있기 때문에 현재 시점에서 승패에 대한 판단을 내리는 것은 아직 이르다 할 수 있다.

애초에 이 분석에는 **게임판 그 자체**를 부술지도 모르는 말이 처음부터 계산에 들어가 있지 않다.

이 중앙 대투기장의 지하에 프랭클린이 숨겨둔 비장의 수(조커)도 그렇고.

그리고 중앙 대투기장에서 아직 움직이지 않고 있는 나를 포함한 **규격에서 벗어난 세 사람**도 그렇고.

무대 건너편에 있는 관객석 쪽을 보았다. 자세히 살펴보니 좌석에 앉아 있는 여자와 그 무릎 위에 있는 호저가 보였다.

재미있는 건지, 따분한 건지. 잘 알 수 없는 시선을 중계 영상으로 보내고 있던 **그녀**가 이쪽을 보았다.

그 시선에 살의 같은 것은 담겨있지 않았다.

그 대신, '할 거냐?'라는 질문이 시선에 담겨 있었다.

대답하면 투기장 바깥의 모든 투쟁보다도 더 비참한 투쟁이 이곳에서 벌어지게 될 것이다.

지금 그런 대참사를 거들 예정은 없었기에 나는 그저 고개를 저었다.

그러자 그녀는 내게 흥미를 잃었는지 다시 중계 영상을 보았다.

……처음 만나봤는데, 그녀는 마치 야생짐승 같구나.

하지만 이제 그녀가 적극적으로 움직이지는 않을 것이다.

그렇지만 이곳에는 한 명이 더 있다.

그는 곧 움직이기 시작할 것이다. 움직일 수 없는 이유만 사라지면 그는 움직일 것이다.

그렇다면 역시…… 이제부터가 진짜다.

그가 등장하는 것이 기대된다. 그는 나와 싸웠을 때보다 더 강해졌을 것이다.

그렇기에 분명 이 중앙 대투기장에서 개최된 〈초급 격돌〉보다도, 프랭클린이 진행시킨 게임보다도…… **시끌벅적한 투쟁**이 될 것이다.

"슬슬 네가 나설 차례일 텐데—— 슈우."

나도 모르게 입에서 새어 나온 그 말 때문에 옆에 있던 중년 남자 티안이 의아해했고, 나는 적당히 둘러대면서…… 그때를 기다렸다.

□■결투도시 기데온

기데온 전체가 환호성으로 가득 차 있었다.

그것은 레이와 근위기사단의 승리에 대한 환호성.

[RSK]가 쓰러짐으로써 몬스터를 해방시키는 장치의 리모컨도 파괴되었다.

예고된 시간이 되었는데도 기데온 거리에 몬스터가 해방되려는 기색이 없었다.

기데온 민중들은 그 사실을 기뻐했고, 그것을 해낸 자들을 칭찬했다.

반대로 프랭클린 쪽에 붙은 배신파 PK들은 실패한 것에 대해 한탄하면서도 자신들의 잘못은 제쳐두고 프랭클린이 한심하다며 욕설을 내뱉었다.

거의 대부분의 반응은 그 두 가지 중 하나였지만…… 기데온 안에는 몇 가지 예외가 있었다.

한 사람은 유고. 프랭클린의 친지였기 때문에 다음에 무엇을 할지 알고 있었다.

그리고 싸움의 소용돌이 안에 있거나 방관하고 있던 실력자 몇 명도 확신하고 있었다.

이렇게 끝나지는 않을 것이다라고.

◇◆◇

□■〈잔드 초원〉

프랭클린은 주위로부터 광학적으로 몸을 숨기면서 〈잔드 초원〉의 광경을 보고 있었다.

"……큰일이네, 정말."

빛의 먼지가 되어 사라진 [RSK]가 있던 곳을 안경 너머로 내려다보면서 프랭클린이 그렇게 중얼거렸다.

그 말은 분노를 억누르는 것 같은 말이기도 했고, 짜증이 담겨 있는 말이기도 했고, ……자조하는 것 같은 말이기도 했다.

프랭클린은 드라이프 황국의 재상파와 함께 이번 계획을 짰고, 오늘 밤에 실행했다.

하지만 그와 동시에 레이 스탈링과 개인적인 설욕전을 벌이려 했다.

프랭클린은 무엇보다 패배라는 것을 가장 싫어한다.

그렇기 때문에 누군가에게 패배한다면 그것을 씻어낼 정도의 패배를 상대방에게 주어야만 성이 풀린다.

예전에 자신을 PK했던 〈마스터〉의 마음을 꺾었던 것처럼 자신의 계획을 박살 내고 간접적인 패배를 안겨준 레이에게도 그렇게 할 셈이었다.

자신의 계획을 무너뜨린 루키를 완전한 대책을 세운 개조 몬스터로 쓰러뜨리고, 기데온에 넘쳐나는 몬스터를 이용해 무력

함을 느끼게 해서 마음을 꺾을 예정이었다.

하지만 설욕전의 결과는 무참했다.

지금 프랭클린 아래쪽에서 1억 릴이라는 큰 비용을 들여 제작한 대 레이 스탈링용 순룡 클래스 개조 몬스터 [RSK]가 먼지로 변했다.

그렇다, 프랭클린은 레이 스탈링에게 두 번 패배했다.

상정했던 것 이외…… 아니, 상정할 수 있었던 요소가 여러 개 겹쳐진 결과다.

프랭클린은 어떻게 해야 했는지 생각했다.

어떻게 하면 이번 **제약 플레이**에서 레이 스탈링을 쓰러뜨릴 수 있었을지 생각했다.

지금, [RSK]를 잃은 프랭클린이 생각했다.

(내 계획을 박살 내고 지게 만든 상대라고는 해도 어차피 루키다. 루키에게 온 힘을 다하는 것은 어른스럽지도 않고 비용도 낭비하게 되지. 그리고 **친지**가 신세를 지기도 했지. 그러니 '순룡 클래스 한 마리 분량'의 비용을 들인 개조 몬스터로 상대하자.)

그리고 프랭클린은 천천히 고개를 젓고 숨을 내쉰 다음.

"——그런 식으로 생각했던 어제의 나는 정말 바보로군."

분노와 자조를 담아 그런 말을 내뱉었다.

거슬러 올라가면 '처음부터 제약 플레이 같은 생각을 하지 말걸 그랬다'는 후회.

하지만 '그러면 어떻게 해야 했나'라는 계획들을 이 자리에서 몇 가지 생각해보았으나, 그런 것들을 실행했더라도 결과는 마찬가지였을 거라는 예감이 들었다.

그 이유는 상대가 레이 스탈링이기 때문이다.

레벨0인 시점에서 상급 직업과 필적하는 아룡 클래스인 [데미드래그 웜]을 쓰러뜨렸다.

그 며칠 뒤에는 〈UBM〉인 [대장귀 갈드랜더]에게 도전하여 쓰러뜨렸다.

기데온에서는 악명이 높은 고즈메이즈 산적단의 우두머리를 쓰러뜨렸고, 그것들의 원념이 〈UBM〉으로 변한 [원령우마 고즈메이즈]를 격파했다.

그리고 지금, 천적이었을 [RSK]까지도 박살 냈다.

이미 여러 번 기적을 일으킨 루키. 지금 여기서 기적을 일으켜버릴 가능성에 대한 예감을 프랭클린은 약간이나마 느끼고 있었다.

그 예감, 그리고 지금 당한 패배로 인해 프랭클린의 사고가 삐걱대기 시작했다.

(나는 한 번도 지고 싶지 않은데 두 번이나 지게 되었다. 게다가 대책을 짰는데도 졌다. 허용할 수 없다. 용서할 수 없다.)

서서히 사고가 말에서 감정으로 넘어가기 시작했다.

알아들을 수 없는 말이 사고를 가득 메웠고, 이윽고 한 가지 단어로 집약되었다.

"온 힘을 다해── **죽여주마.**"

드라이프 황국의 〈초급〉인 프랭클린은 이 시점에서 결심하고 있었다.

자신에게 가장 큰 적은 같은 나라의 다른 파벌인 [수왕]이나 [마장군]이 아니고, 왕국의 〈초급〉 네 명도 아니고, 카르디나가 자랑하는 최강의 클랜 〈세피로트〉의 〈초급〉 아홉 명도 아니다.

저 녀석이다.

루키인 레이 스탈링이야말로 〈Infinite Dendrogram〉에서 최소이자 최대의 원수이다, 프랭클린은 그렇게 판단했다.

그렇기 때문에 레이 스탈링을 쓰러뜨리는데 자신의 모든 힘을 다하겠다고 결심했다.

(——**다음번**에는 아무런 망설임도, 제한도 없이 대 〈초급〉 결전용 개조 몬스터 [MGD]—— [메카닉스 갓 뒤랑]으로 박살 내주마.)

하지만 그건 **다음번**이야기다.

[MGD]는 아직 완성되지 않았고, 지금 프랭클린은 따로 해야할 일이 있다.

레이 스탈링에 대한 설욕전은 어디까지나 프랭클린의 개인적 감정으로 인한 것이고, 황국의 〈초급〉으로서 재상(스폰서)이 맡긴 역할은 따로 있으니까.

그렇게 생각하고 냉정함을 되찾은 프랭클린이 처음 한 행동.

그것은······.

◇◆

동귀어진이라고도 할 수 있는 형태로 [RSK]를 격파하고 기대온 사람들에게 승리를 선언한 레이.

하지만 거기가 그에게 있어서도 한계였고, 정신을 잃은 채 그대로 하늘을 보며 쓰러졌다.

"레이!"

까만 대검 형태에서 인간으로 변한 네메시스가 그의 몸을 받쳐주었다. 릴리아나와 린도스 경, 그밖에도 전선에 복귀한 근위기사단 [성기사]들이 레이 주위로 달려왔다.

"레이 씨, 괜찮으신가요!!《포스 힐》!"

"MP에 여유가 있는 사람들은 교대로 그와 아직 복귀하지 못한 기사단원들을 회복시켜! 다른 사람들은 나와 함께 자취를 감춘 프랭클린과 납치된 엘리자베트 전하를 수색한다! 절대로 그 남자를 놓치지 마라!"

"""알겠습니다!"""

린도스 경의 지시에 따라 근위기사단이 흩어졌다.

레이 곁에는 릴리아나와 다른 근위기사단원이 두 명 정도 남았다.

릴리아나는 레이에게 회복마법을 걸면서…… 씁쓸한 표정을 지었다.

"체력은 회복시킬 수 있……는데요."

그녀의 시선 끝에 있는 것은 레이의 왼팔.

지금은 이미 [화상]을 넘어 [탄화]되어버린 왼팔이다.

이 정도로 심한 상처 계열 상태이상은 상급 직업의 회복마법으로도 완치가 힘들다.

[성기사]의 천적이라고도 할 수 있는 괴물, [RSK]를 쓰러뜨리는 대가로서…… 중요한 것을 바친 형태다.

불행 중 다행이라 할 수 있는 건 〈마스터〉인 레이가 데스 페널티에서 부활할 때 모든 상태이상이 완치된다는 것이다.

다만 레이가 그것을 원할지는 별개다.

"지금은 목숨을 구해다오. 레이도 여기서 퇴장하는 건 원하지 않을 터이니 말이다."

"네, 알고 있습니다."

그렇게 릴리아나 일행이 레이를 계속 치료하고 있자니—— 갑자기 어디선가 **박수**소리가 쏟아져 내렸다.

"!"

네메시스와 릴리아나가 그 소리가 난 곳을 살펴보니 어느새 공중에 프로젝터를 쓴 것처럼 입체영상이 떠 있었다.

네메시스와 다른 사람들은 알 수가 없었지만, 그것은 거리에 투영되었던 것과 같은 영상이었다.

지금 거기에는 프랭클린이 나타나 있었다.

그 표정은…… 부자연스러울 정도로 밝은 미소를 드리우고 있었다.

『중계를 보고 계신 여러분, 잘 보이던가요? 슬프게도 제가 제작한 몬스터가 격파되어버렸습니다. 참 슬프죠. 아뇨아뇨, 지금은 우선 그걸 해낸 [성기사] 제군들에게 박수를 보내도록 하죠. 자, 박수, 박수.』

프랭클린은 그렇게 말하고 박수를 쳤다.

하지만 이 자리에서 박수를 칠 사람이 있을 리가 없었다.

오히려 중계를 보고 있던 사람들의 환호성조차도 프랭클린의 행동으로 인해 가라앉은 상태였다.

『네. 우선 축하드립니다. 지금은 처음에 예정했던 몬스터 해방 시각에서 251초 지난 상황이죠. 아, 역시 리모컨은 부서진 모양이네요. 개조 몬스터가 해방되지 않은 모양입니다.』

프랭클린은 이마에 손을 대고 안타깝다는 듯이 고개를 저었다.

그런 다음 품속으로 손을 뻗고.

『자, 여기 **예비 리모컨**이 있습니다.』

진지한 표정으로 [RSK]가 집어삼켰던 물건과 매우 비슷한 리모컨 장치를 꺼내들었다.

"네, 놈……!"

『하하하하하, 현장에 있는 사람들은 '지금까지 벌인 싸움은 뭐였나'라는 표정을 짓고 있네요? 중계를 보고 있는 분들도 그렇겠죠?』

분노가 담긴 네메시스의 말을 가로막는 듯이 프랭클린이 말했다.

『지금까지 벌인 싸움? 그냥 여흥 겸 설욕전인데요? 에이, 고장 났을 때를 대비해서 예비 정도는 만들어두죠. 중요한 거니까요. 당연한 거 아닌가요?』

그렇게 말하며 다시 얼굴에 싱글거리는 미소를 드리웠다.

『참고로 타이머 기능은 없거든요~. 그러니까 눌러버릴게요. 꾹꾹꾹꾹.』

그리고 프랭클린은 아무렇지도 않다는 듯이—— 기데온에 숨겨져 있는 500마리의 몬스터 해방장치를 기동시켰다.

"프랭클린!!"

네메시스가 분노하며 소리 질렀지만 아랑곳하지도 않았다.

『하하하하하, 자네들의 싸움은 좋은 여흥이었어. 응, 결과는 재미없었지만 지금 자네를 보고 있으니 유쾌했다는 생각이 드네. 레이 군이 깨어난 상태였다면 더 좋았을 텐데. 어떤 표정을 보여주려나.』

프랭클린은 그렇게 말하며 웃었다.

릴리아나는 프랭클린을 한 번 노려보고 나서 부하 단원들에게 '레이 씨를 계속 치료해주세요'라고 말한 뒤 일어섰다.

『어라, 부단장 각하께서는 이제 사람들을 구하러 갈 셈인가? 아니면 여기서 나를 쓰러뜨릴 생각이야? 그렇게 만신창이가 된 상태로? 참 열심히도 움직이네. 하지만 안 돼,《환기——[DGF], [KOS]》.』

프랭클린은 오른손으로 주얼을 들어 올리고 그 안에서 몬스터 두 마리를 불러냈다.

그 두 마리는 네메시스 일행의 바로 옆에 나타났다.

한 마리는 온몸에서 붉은 오라가 피어오르고 있는 파키케팔로사우루스 같은 공룡, [DGF(다이노어스 기가 팔랑크스)].

다른 한 마리는 투기장에서 프랭클린이 불러냈던 [옥시전 슬라임]을 몇 배로 키운 것처럼 거대하고 파란 슬라임, [KOS(킹사이즈 옥시전 슬라임)].

"…………이 녀석, 들!"

네메시스는 앞을 막아선 그 두 몬스터를 보고 직감이 들었다.

저 두 몬스터가 방금 전에 힘들게 격파한 [RSK]보다 훨씬 강력한 몬스터라는 것.

그야말로 어제 대결했던 [고즈메이즈]보다 강한 위압감을 뿜어내고 있었다.

『이상할 건 아무것도 없지? 나는 초급 직업 [대교수]이자 〈초급〉. 내가 부리는 말이 [RSK] 하나밖에 없을 리도 없고, 그게 가장 강할 리도 없지. 오히려 상위 개조 몬스터 중에서는 약한 부류에 드는데? 그건 순룡 클래스지만, 이 녀석들은 그 이상. 전투 계열 초급 직업인 〈마스터〉나 전설급 〈UBM〉 정도의 전투력을 지니고 있으니까.』

그 말을 듣고 네메시스와 근위기사단이 경악하자 프랭클린은 『자네들도 어렴풋한 예감이 들지 않았나?』 그렇게 말을 이어나갔다.

『[RSK]를 쓴 건 단순히 레이 군이 아룡 클래스인 [데미 드래그 웜]을 쓰러뜨렸으니까 이번에는 순룡 클래스 한 마리 분량 비용을 들여서 복수해주겠다고 생각했기 때문이야. 완벽한 대책을 세워서 완전히 꺾어주려고 했는데 말이지. 결과는…… 또 지게되었지만.』

프랭클린은 그렇게 말하고 한숨을 쉰 뒤…… 미소를 짓지도 않고 선언했다.

『그래, 나는 레이 군과 붙어서 2전 2패야. 이 빚과 설욕은 언젠가 반드시 갚도록 하겠어.』

"…………."

그 선언을 듣고 네메시스도 실감이 들었다.

그 [RSK]도 프랭클린에게는 놀이의 범주 안에 들어 있었다는 것.

어른스럽지 않게 레이에 대한 대책을 세운 것 같으면서도 어설픈 부분이 있었다는 것.

하지만 지금, 두 번째 패배를 맞이한 프랭클린에게는 그런 어설픈 부분 같은 것은 없다.

100명도 되지 않는 최강의 플레이어들…… 〈초급〉에 이름을 올린 자가 레이를 **적**으로 간주하고 있었다.

『하지만 그건 그렇다 치고. 오늘 밤의 계획까지 질 생각은 없거든. 자, 거리는 어떻게 되었으려나. 이 애들하고 비교하면 좀 떨어지긴 하지만, 거리 안에 있는 몬스터도 나름대로 골치 아픈 녀석들을 몇 마리 섞어 두었으니…………?』

거리로 눈을 돌린 프랭클린이 이상하다는 듯이 고개를 갸웃거렸다.

네메시스도 마찬가지로 프랭클린이 왜 의아해하는지 눈치챘다.

──기데온이 너무 조용하다.

몬스터 500마리가 풀려난 것치고는 너무나도 조용하다.

전투음이 좀 들리긴 하지만 매우 산발적이다.

『……일부만 해방되었나?』

프랭클린이 들고 있던 스위치를 다시 눌렀지만 기데온에 별다른 변화는 없었다.

『리모컨 동작불량이 아니야. 그렇다면 장치 쪽에 무슨 문제가………….』

그때, 프랭클린은 떠올렸다.

도시 전체에 몰래 설치한 수많은 장치.

프랭클린은 그것을 어떻게든 해볼 수 있는 존재를 오늘 밤에 목격했다.

그것은 검은 안개에 휩싸여서 남자인지 여자인지도 불확실한 인물.

그 이름은…….

◇ ◆ ◇

□결투도시 기데온 시가지 모처

"아, 늦지 않아서 다행이네."

어떤 사람이 골목 구석에 앉아서 공중에 투영된 영상을 보며 혼잣말을 한 뒤 숨을 크게 내쉬었다.

그 사람―― 마리 애들러 옆에는 큰 자루가 있었고, 그 자루는 가득 차 있었다.

자루 안에 들어 있던 것은 주얼이 박혀 있는 기계 같은 물건.

그것이 대량으로, **부서진 상태로**, 가득 차 있었다.

그것은 프랭클린이 도시 안에 설치해두었던 몬스터 해방장치.

마리가 [주악왕] 벨도르벨과 전투를 끝낸 다음, 도시 전체를 뛰어다니며 모은 것이었다.

이 계획의 핵심이라 할 수 있는 해방장치는 당연히 계획이 결행될 때까지 숨겨져 있어야만 했다.

그렇기에 프랭클린이 제작한 장치에는 원격 조작으로 주얼 안에 있는 몬스터를 해방시키는 기능과 함께 고도의 《은폐》 기능도 있었다.

설치한 지 며칠이 지난 뒤에도 수상한 물건으로 들키지 않았다는 것을 보더라도 그 성능은 확실했다.

하지만…….

"공교롭게도 저는 숨는 것도, 찾아내는 것도 특기거든요."

마리는 은밀 계통 초급 직업 [절영(데스 섀도우)]이었고, 은밀 계통은 《은폐》에 뛰어난 능력을 발휘한다.

그것은 자신이 실행하는 것뿐만이 아니라 다른 자의 《은폐》를 간파하는 것에도 적용된다.

마리가 단련한 《은폐감지》 스킬은 프랭클린이 도주할 때 썼던 개조 몬스터 [나이트 라운지]의 《은폐》조차도 간파해냈다.

또한 그때, 《은폐감지》를 사용함으로써 도시 전체에 몬스터 해방장치가 《은폐》되어 있다는 사실도 깨닫고 있었다.

그래서 그녀는 전투가 끝난 뒤에 《은폐감지》를 구사하면서 도시 전체를 뛰어다니며 숨겨져 있던 장치를 모으고 부쉈다.

그렇게 처리된 장치의 숫자는 전부 합쳐서 403개.

설치된 것들 중 80퍼센트 이상을 회수하고 파괴했다.

이미 앞서서 해방되었고 쓰러진 몬스터를 제외하면 나머지는 몇 마리나 될까 말까.

하지만 이 결과는 그녀의 힘만으로 이루어낸 것이 아니다. 레이 일행이 [RSK]와 싸우고 격파해서 얻어낸 시간이 있었기에 피해를 최소화할 수 있었던 것이다.

그리고 이 결과에는 한 가지 의미가 있었다.

투기장에 있던 상급 이상의 〈마스터〉가 바깥으로 나올 수 있게 된 것이다.

그들이 나오지 못했던 이유는 결계에 공격을 가함으로써 뒤따르게 되는 몬스터 해방을 우려했기 때문이다.

그 걱정이 사라진 지금, 얼마 지나지 않아 결계를 부수고 반격하러 나설 것이다.

어쨌거나, 지금 프랭클린의 계획은 와해된 것이다.

하지만 실력자들 몇 명은 알고 있었다.

그들은 〈초급〉, 규격에서 벗어난 그 존재를 알고 있었다.

프랭클린이 얼마나 강하게 집착하는지, 그리고 얼마나 용의주도한지 알고 있었다.

그래서 실력자들 몇 명은 확신하고 있었다.

이렇게 끝나지는 않을 것이다라고.

◇ ◆ ◇

□■결투도시 기데온 북문 주변

『……아, 그러니까 그런 건가? 하하, 웃기네. 진짜 누구나 할 것 없이 내 계획을 박살 낸단 말이지. 기분 상하는데.』

그렇게 중얼거리는 프랭클린의 모습을 영상 너머로 바라보면서 유고는 계획이 실패했다는 것을 실감하고 있었다.

"……끝인가."

지금 유고는 꼼짝도 할 수 없는 상태로 앉아 있었다.

루크 일행에게 [매료]당한 동안에 확실하게 구속되었기 때문이다.

[매료]된 유고가 큐코와 〈마징기어〉의 융합을 해제시켰고, 마찬가지로 [매료]된 큐코도 그 옆에 있었다. 적어도 큐코의 [매료]가 풀리기 전까지는 이 상황에서 벗어날 수 없을 것이다.

"…………."

유고는 중계 영상에서 눈을 돌려 주위 상황을 확인했다.

지금 있는 곳은 방금 전까지 전투를 벌이던 지점이 아니었다.

루크, 그리고 카스미 일행과 함께 프랭클린의 중계 영상을 볼 수 있는 위치로 이동해 있었다.

아직 데스 페널티를 받지 않은 것은 루크의 판단이었다.

"그 괴물은 레이 씨가 쓰러뜨려 줬어요. 해방장치도…… 누군가가 어떻게 해준 모양이네요."

루크는 말하진 않았지만 그걸 해낸 게 마리 아닐까 하고 반쯤 확신하고 있었다.

하지만 마리의 존재를 알지 못하는 유고는 그 사실을 눈치채지 못하고 그저 자신이 참가했던 계획이 실패했다는 것만을 이해하고 있었다.

"그런 모양이야. 훗, 플랜 A도, 플랜 B도 실패…… 이제 그 사람의 계획도 박살 났군."

유고는 '이제 기다리는 건…… 왕국과 황국의 전면전쟁인가', 그런 생각을 떠올렸다.

유고는 그 결과와 자신의 행동을 자조했다.

"이렇게 될 줄 알았다면 처음부터 그 사람을 설득해서…… 왜 그러지?"

유고는 루크가 매우 미심쩍다는 표정으로 유고와 영상으로 뜬 프랭클린을 보고 있다는 것을 깨달았다.

"아뇨, 플랜 A, B라고 하시던데요. 각각 자세한 내용을 물어봐도 될까요? 그것들은 이미 실패한 계획이죠?"

"……그래, 좋다."

유고는 잠시 망설였지만…… 결국 참회하는 듯한 마음으로 이야기하기 시작했다.

"우선 플랜 A. 〈초급 격돌〉을 관전하러 온 많은 〈마스터〉들을 중앙 대투기장 결계로 묶어둔 다음 왕녀를 유괴한다. 그 뒤로는 거리에 몬스터를 풀겠다고 협박하며 결계 안에 있는 〈마스터〉들의 움직임을 막지. 그리고 낮은 레벨로 인해 결계로 잡아둘 수 없는 자들이나 애초에 투기장 안에 있지 않았다는 이유 등으로 인해 결계에 갇히지 않은 〈마스터〉들을 PK와 나, 그리고 벨도르벨 씨…… 우리 클랜의 초급 직업이 제압한다. 그렇게 오너와 왕녀는 이 기데온에서 도망치고 왕국의 티안들이 가지고 있던 왕국의 〈마스터〉에 대한 신뢰는 땅에 떨어진다. 그런 플랜이었다.”

“……그것 참 구멍투성이네요.”

“그렇군.”

“애초에 결계를 공격하면 몬스터가 해방된다는 사양에 문제가 있어요. 저희들이 그랬던 것처럼 레벨이 낮은 사람들은 빠져나와 버리잖아요?”

“그것도 계획의 일부였다. 우리와 왕국 쪽 〈마스터〉가 맞붙고, 왕국 쪽이 일방적으로 진다는 구도도 필요한 모양이니까. 그렇게 따지면 레벨이 낮은 〈마스터〉는 오히려 나오는 게 좋지.”

그냥 갇히기만 하고 끝나는 것으로는 부족하다.

왕국 쪽 〈마스터〉가 황국 쪽에게 완전히 패배하는 장면은 왕국의 마음을 꺾기 위해 필요했던 것이다.

그러기 위해서 결계를 이용해 왕국의 약한 전력만을 추출해내는 플랜은 가장 적합하다 할 수 있었다.

결국에는 레이나 루크처럼 규격에서 벗어난 사람들로 인해 플랜 A 자체가 파탄 나는 결과가 되었지만.

"그리고 결계에 가두지 못했던 〈마스터〉에 대한 대처가 조잡하네요. 예를 들어 〈초급〉 전력을 지닌 〈마스터〉가 관전하지 않고 거리에 있었다면 그 시점에서 실패하는 것 아닌가요?"

"그럴 가능성이 있긴 했다. 하지만 잘못 대처하지도 않았다. 특히 이곳에 있는 대다수의 〈마스터〉들에게 치명적인 큐코와…… [주악왕]인 벨도르벨 씨가 있었으니까."

[주악왕] 벨도르벨. 프랭클린이 그를 운용함에 있어서 가장 교활했던 점은 계획 실행 전에 그를 기데온에 두었다는 것이다.

그것도 그저 중앙광장에서 야외연주를 선보이기만 하는 〈마스터〉로서.

날마다 중앙광장에서 연주하는 그와 그의 악단은 기데온의 〈마스터〉들도 알게 되었다.

그야말로 레기온 〈엠브리오〉를 꺼낸 상태로 거리에 있더라도 아무도 의문을 품지 않을 정도로.

오늘 밤, 그는 대다수의 왕국 쪽 〈마스터〉들에게 적으로 인식되지 않았던 것이다.

그렇기에 그의 기습은 거의 확실하게 성공했다.

그의 스테이터스를 따지면 전투 계열보다 낮긴 하지만 초급 직업의 스킬을 이용한 보조를 받는 브레멘의 공격력은 매우 뛰어나다.

그리고 음속이기 때문에 AGI에 특화된 초급 직업 정도가 아니라면 발동한 뒤에 피하는 것은 불가능하다.

실제로 그에게 쓰러진 〈마스터〉는 유고에게 쓰러진 자들보다 많았고, 그들은 모두 자기가 누구에게 쓰러졌는지 이해할 시간조차 없이 먼지로 변했다.

〈초급 킬러〉와의 싸움에서도 그녀가 《위험감지》 스킬을 지닌 AGI형 초급 직업이 아니었다면 처음 공격 때 끝났을 공산이 크다.

"그래서…… 지금처럼 방해를 돌파해서 프랭클린이 있는 곳에 방해꾼이 도착할 경우, 또는 결계 안에 있던 〈마스터〉가 참지 못하고 몬스터가 해방되는 것을 무릅쓰고 돌파하려고 할 경우가 플랜 B인가요?"

"그래. 플랜 B는 기데온에 숨겨두었던 몬스터 해방장치를 정해두었던 시간까지 기다리지 않고 전부 기동시키고 기데온이 혼란에 빠진 틈을 타서 왕녀를 데리고 도주하는 플랜이다. 그 사람이 기습을 당해 데스 페널티를 받을 경우에도 이 플랜으로 넘어갈 예정이었다."

프랭클린이 데스 페널티를 받으면 해결, 그런 말은 새빨간 거짓말이었다.

오히려 그것이 방아쇠가 되어 몬스터가 풀려나게 할 셈이었다.

그런 용의주도함도 프랭클린의 악질적인 성격이었다.

"애초에 어떤 과정을 거치더라도……."

유고는 그렇게 말한 다음 '오너는 처음부터 기데온에 몬스터를 풀어놓을 생각이었던 모양이지만'이라는 말을 집어삼켰다.

집어삼켜봤자 다른 사람의 생각을 읽어낼 수 있는 루크는 짐작하고 있었지만.

"마음을 꺾으려면 왕녀를 유괴하는 것보다 피해가 생기는 쪽이 더 효과가 좋을 테니까요.”

“그렇겠지……. 하지만 그 사람은 내게 약속해주었다. ‘몬스터는 티안을 공격하지 않게끔 조정했다’고. 그 사람도 티안의 피해는 줄이려고…….”

“……하아, 그거 말이죠.”

“그거?”

루크가 유고의 말을 듣고 살짝 한숨을 쉬자 유고가 의아해했다.

“아까부터 의문이었는데요, 방금 ‘프랭클린도 사람들의 피해를 줄이려 하고 있다’는 말을 들으니 이제야 이해가 되었네요.”

“뭘 이해했다는 거지?”

뭐가 의문이었고 방금 한 말 중 어디에 그 해답이 있었는지 유고는 알 수 없었다.

아니, 유고만은 알 수가 없는 것이었다.

그것은…….

“프랭클린을 보는 당신의 눈이 왜 흐려졌는지 말이에요. 당신은 프랭클린에 대해서 ‘설마 티안을 학살하지는 않겠지’라고 생각하죠?”

다름 아닌 유고 자신의 인식 문제.

계획이 실행되기 전에도, 계획을 실행하는 도중에도, 계획이 박살 난 지금까지도 유고가 프랭클린을 믿고 있다는 것이 의문이라는 것이다.

“……내 눈이 흐려졌다고?”

“네. 당신은 그렇게 생각하지 않겠지만요. 제가 보기에는 그 사람은 학살도 아랑곳하지 않을 사람이거든요?"

"말도 안 돼. 그 사람은 나와 마찬가지다. 티안이 단순한 NPC 가 아닌 생명에 가까운 것…… 아니, 생명이라는 것을 이해하고 있어! 그런 사람이 학살 같은 걸 할 리가 없잖아!"

"이해하고 있다고 해서 어쨌다는 거죠? 이해하고 있으니 **그런 짓**을 하지 않는다고요?"

루크는 프랭클린이 학살도 아랑곳하지 않을 사람이라고 했고, ……그 말은 유고가 허용할 수 없는 말이었다.

"그 사람은 그런 짓 안 해! 나는, 나는…… 계속 예전부터 그 사람을 보고 있었어! 네가 그 사람에 대해서 뭘 안다고!"

유고는 화를 내며 루크에게 물었다.

하지만 그 말을 듣고 있던 루크의 눈은 차가웠다.

"그렇죠. 저는 프랭클린에 대해 들은 이야기와 이번 사건을 통해서만 알고 있고 직접 이야기해본 적도 없어요. 하지만 이 추측이 확실하다고는 딱 잘라 말할 수 있죠."

"어째서!"

"제가 프랭클린이라는 사람의 됨됨이를 **모르기 때문**이에요. 해온 것만을 늘어놓고 그 연장선을 생각하면 앞으로도 말이 되지 않는 것을 준비하고 있다는 건 확실해요. 제가 아니라도 그 렇게 생각하겠죠. 그렇게 생각하지 않는 건…… 분명 당신뿐일 거고요."

"……!"

그것은 사실로부터의 귀결.

전쟁에 참가하여 많은 병사와 이 나라의 왕을 몬스터의 먹잇 감으로 삼은 자.

오늘 밤, 이 나라의 왕녀를 납치하고 왕국의 〈마스터〉의 지위를 실추시키기 위해 도시 전체를 파괴하려 한 자.

그런 사람이 어떻게…… 더 이상 잔인한 짓을 하지 않을 거라는 결론을 내릴 수 있는가.

그런 결론에 도달한 것은 당신뿐이다…… 루크는 그렇게 말하고 있었다.

"예전부터 봐왔다? 그렇겠죠. 그래서 지금의 프랭클린을 똑바로 보지 않고 있어요. 흐려진 눈으로 보고 있죠. 지금 당신은 '우리 애는 그런 짓을 할 애가 아니에요'라고 말하는 범죄자의 어머니와 마찬가지라고요."

"윽……!"

유고는 구속된 상태가 아니었다면 루크에게 덤벼들었을 것이다.

하지만 유고는 그럴 수 없었고, 마주 보고 있던 루크는 차가운 시선을…… 그리고 곤란한 듯한 시선으로 보고 있을 뿐이었다.

그때, 바비가 루크에게 보낸 텔레파시가 닿았다.

『루크, 이 애한테는 매우 신랄하네~.』

그것은 어떤 의미로 당연한 질문.

루크라는 소년은 기본적으로 싹싹하고 누구에게나 호의적으로 대하는 사람이다.

이렇게 차갑게 꾸짖는 모습은 바비가 처음 보는 모습이었다.

『내가 쓴소리를 하는 건 '봐줄 수 없는 사람'뿐이니까.』

그것은 루크가 '있는 그대로의 모습을 보고 싶다'고 생각하는 레이의 정반대다.

하지만 사실대로 말하자면 루크 자신도 그 기준이 명확하지는 않았다.

그저 유고라는 인물을 관찰하던 동안 이대로 둘 수 없다는 생각이 강하게 솟구쳤기에 신랄한 말로 그녀의 잘못을 지적하고 있다.

"프랭클린을 믿고 있는 당신에게…… 그래요, 추리라고도 할 수 없는 예언을 하나 하죠."

"예언?"

"프랭클린이 이제 말도 안 되는 소리를 할 거예요."

루크는 프랭클린이 떠 있는 중계 영상을 보면서 그렇게 딱 잘라 말했다.

그 직후, 플랜 B가 실패했다는 것을 짐작하고 머리를 감싸고 있던 프랭클린이 정신을 차리고 고개를 들었다.

그 얼굴에는── 만면의 미소.

『아, 정말. 진짜로 큰일이네. 플랜 A도, 플랜 B도 실패하다니……. 이제 곧 투기장에서 무서운 근육뇌들이 나올 테고. 이렇게 된 이상, **플랜 C**를 진행시킬 수밖에 없겠지?』

"…………………어?"

중계 영상에서 흘러나온 프랭클린의 말을 듣고 유고의 입에서 의아해하는 소리가 새어 나왔다.

그와 동시에 그 의문은 오늘 밤 계획에 가담하고 있던 프랭클린을 제외한 모든 〈마스터〉가 한 말이기도 했다.

　그들 중 아무도…… 플랜 C라는 말은 들은 적이 없으니까.

　아무도 알지 못하는 세 번째 계획의 내용을 아는 사람은 프랭클린뿐이었고.

『플랜 C(크라이시스)…… 개조 몬스터 **56826마리**에 의한 기데온 섬멸작전을 개시합니다아.』

　그가 말한 내용은 루크의 예언대로 말도 안 될 뿐만이 아니라…… 최악이었다.

□■〈잔드 초원〉

"5…… 뭐?"

"500마리 아니었나……."

프랭클린이 한 말로 인해 주위의 분위기가 얼어붙었다.

네메시스도, 릴리아나도, 린도스 경도, 다른 근위기사단원도…… 프랭클린이 한 말을 완전히 이해하지 못했다.

"개조 몬스터 56826마리? 흐음, 허세라 해도 자릿수를 너무 많이 불린 것 아닌가."

무슨 말인지는 이해가 되었다, 하지만 도저히 실현이 가능할 것 같지는 않았다.

"거리에 몬스터를 500마리 풀어놓겠다는 계획을 세우고 있었으면서, 갑자기 100배 이상으로 늘릴 수 있는 게야?"

그 말이 거짓말이라고 **생각하고 싶은** 네메시스의 말을 듣고, 아니면 도시 전체에서 생겨난 비슷한 의문을 듣고 고개를 저으면서…… 프랭클린은 더욱 활짝 웃었다.

『거리에 있는 500마리는 '〈마스터〉와 건물 이외에는 공격하지 않는다', 이런 **쓸데없는** 설정을 해둔 몬스터로만 만들었는데요. 꽤나 많은 비용도 들었지만요.』

반대로 말하자면 〈마스터〉를 제외한 인간도 공격하는 몬스터라면 보다 대량으로⋯⋯ 5만 마리 이상 준비할 수 있었던 것이다.

도시 안에 있는 해방장치에 들어 있는 몬스터 500마리는 말하자면 친지⋯⋯ 유고에게 의리를 지킨 것에 불과하다.

『하지만 플랜 A, 플랜 B가 박살 났으니, 이쪽에서도 이것저것 신경 쓸 여력이 없거든요.』

"플랜⋯⋯!"

그 말을 듣고 네메시스도 눈치챘다.

플랜 A, B, C. 프랭클린이 실패하면 할수록, 왕국 쪽에서 계획을 막아내면 막아낼수록 기데온을 더욱 거세게 파괴하는 계획으로 넘어간다는 사실을.

프랭클린 자신은 플랜 A도, 플랜 B도 성공시킬 생각이었을 것이다.

스스로 말한 것처럼 질 생각은 없었을 것이다.

하지만 그럼에도 불구하고 패배할 가능성을 고려하며 모든 계획을 세우고 있었다.

모든 것은 한 가지 목적을 위해서.

『아~, 얼른 포기해버렸다면 이렇게 되진 않았을 텐데요.』

모든 것은── 마음을 꺾기 위해.

쓸데없이 저항한 결과, 보다 더 큰 피해를 만들어낸다는 결과를 왕국의 민중들에게 새기기 위해서. 일부러 이렇게⋯⋯ 실패하는 것까지 상정한 계획을 꾸민 것이다.

"프랭클린 본인을 찾아라!! 몬스터를 주얼에서 불러내기 전에 저 괘씸한 자에게 벌을 내리는 거다!!"

린도스 경이 소리치자 근위기사단 사람들도 필사적으로 프랭클린을 수색하기 시작했다.

그렇다, 몬스터를 불러내기 전에 프랭클린을 쓰러뜨리면 위기가 사라진다.

릴리아나는 방금 전에 불러낸 몬스터 두 마리가 근처에 나타났기에 프랭클린도 가까운 곳에 숨어 있는 게 아닐까 하고 생각했다.

하지만······.

『후후후, 주얼에서 불러내기 전에? 거참, 내가 일일이 《환기》, 《환기》라고 하면서 불러내다가는 만 마리도 불러내기 전에 밤이 새버린다고.』

프랭클린은 시원스러운 미소를 지으면서 손가락을 튕겼고, 이렇게 선언했다.

『《광학위장》 해제.』

그 순간, 세계가 비늘처럼 벗겨져서 떨어졌다.

어두운 밤 한쪽이 후두둑 무너졌고, 그 그늘에 숨어 있던 것을 드러냈다.

그렇게 나타난 그것은—— 나타난 뒤에 보니 어떻게 숨어 있었는지 상상할 수 없을 정도로 거대한 것이었다.

그것은 단적으로 말하자면 상자와 용, 그리고 거미를 뒤섞은 듯한 실루엣이었다.

그것은 가로, 세로의 한 변이 1킬로미터는 되어 보이는 거대한 입방체에 수많은 굴뚝이 솟아나 있었다.

그것은 무기질적인 입방체에 정교하고 거대한 용의 머리를 달고 있었다.

그것은 거미와도 같은 다리를 좌우로 네 개씩 달고 있었다.

부피가 이상하다. 조형도 이상하다.

아무리 봐도 정상적인 존재가 아닌 그것이 그곳에 있다는 것을 어째서 인식할 수 없었는지, 그 자리에 있던 프랭클린을 제외한 모두가 의아해했다.

그리고 프랭클린은 이상한 구조물, 용의 머리 위에 서서 선언했다.

『처음 보는 사람은 기억해둬. 이게 내 〈초급 엠브리오〉. TYPE : 플랜트 포트리스── [마수공장 판데모니움]이니까.』

〈초급 엠브리오〉. 제7형태로 진화한 〈엠브리오〉의 총칭이자 수많은 〈엠브리오〉의 정점.

그것은 [초투사] 피가로를 왕처럼 떠받들고 있는 이 기데온에서도 익숙한 단어였지만…… 프랭클린의 판데모니움은 너무나도 이질적이었다.

이번 싸움에서 피가로와 신우가 보여준 〈초급 엠브리오〉와는 너무나도 달랐다.

『저번 전쟁 때는 진화하지 못한 상태였지만, 이게 내 〈초급 엠브리오〉야. 고유능력은 이미 다들 잘 알고 있는 몬스터 생산, 그리고…… '몬스터 운반능력'.』

그리고 거대한 마성이 입을 열었다.

내부에는 희미한 빛이 수없이 존재했다.

그것은 눈빛. 내부에서 꿈틀대고 있던 수천, 수만의 몬스터가 내뿜고 있는 무시무시한 시선.

『자, 우선 '수어사이드' 시리즈 5000마리부터 가볼까.』

프랭클린이 가벼운 말투로 그렇게 말하자 용의 입에서 슬로프가 내려왔다.

몬스터 5000마리가 무리지어 그 슬로프를 내려와 천천히 걷기 시작했다.

기데온이라는 도시를 섬멸하기 위해서.

◇ ◆

□■[■■] ■■■■■

〈초급 엠브리오〉는 수많은 〈엠브리오〉의 정점.

하지만 그 정점은 하나가 아니고, 도달하는 과정도, 도달한 곳도 완전히 다르다.

예를 들면, 지금은 아직 나도 이름을 모르는 것. [초투사] 피가로의 심장형 〈초급 엠브리오〉.

〈마스터〉인 피가로와 말 그대로 일심동체이며 그 고유능력은 피가로가 장비한 아이템의 성능을 끌어올리는 단순한 것.

하지만 전투시간 비례 강화, 장비수 반비례 강화, 그리고 그의 비장의 수인 '제3의 강화'로 인해 이론상으로는 장비품의 성능을 무한대로 끌어올릴 수 있다.

그렇기에 이것은 〈초급 엠브리오〉라는 정점 중 하나.

예를 들면, 테나가 아시나가. [시해선] 신우의 의수의족형 〈초급 엠브리오〉.

초음속으로 뻗어나가며 그 경도는 고대전설급 무구보다 뛰어나다.

원래는 느린 END형 마법 직업인 신우에게 AGI형 초급 직업과 호각 이상인 근접전투능력을 부여한다.

그리고 비장의 수인 필살 스킬을 이용한 공간도약공격은 지평선 너머에 있는 비전투 상태인 목표라 할지라도 순식간에 내장을 파괴, 살상할 수가 있다.

그렇기에 이것도 〈초급 엠브리오〉라는 정점 중 하나.

그렇다면 [대교수] Mr. 프랭클린의 〈초급 엠브리오〉인 판데모니움이란 어떤 것일까.

TYPE은 플랜트 포트리스. 기본 카테고리인 TYPE : 캐슬에서 파생 진화한 것이며, 현재 시점에서는 판데모니움 이외에 존재하지 않는 카데고리.

고유능력은 크게 나누어 두 종류. 몬스터 제조, 그리고 격납.

몬스터 제조도 대량생산과 필살 스킬을 이용한 오더 메이드,

두 종류가 있는데 지금은 대량생산에 대해 기술한다.

대량생산에 사용하는 스킬 이름은 《몬스터 매스 프로덕션》.

연구자 계통의 《몬스터 크리에이션》의 성능을 끌어올린 데다 동시에 여러 마리를 생산할 수 있는 스킬로 추측된다.

물론 소재가 필요하긴 하지만, 아룡 클래스라면 하루에 1000마리를 양산할 수 있다는 정보도 들어와 있다.

또한, 메리트를 따지면 생산 숫자를 늘릴수록 한 마리당 드는 비용이 줄어든다는 효과도 있다.

그야말로 대량생산(매스 프로덕션)이라 할 수 있다.

또한, 그렇게 제작한 몬스터는 주얼로 옮기지 않고 《스토리지》라는 스킬로 판데모니움의 내부에 계속 격납시킬 수 있다.

한 번 바깥으로 내보내면 다시 《스토리지》로 되돌릴 수 없지만, 그 전까지는 반영구적으로 저장시킬 수 있다.

재료가 있는 한 무한히 몬스터를 생산하고, 격납시키고, 흩뿌리는 거대한 요새공장.

판데모니움도 분명히 〈초급 엠브리오〉라는 정점 중 하나.

자, 한 가지 조건을 두고 상기한 세 사람의 전투를 시뮬레이션해보자.

그 조건이란 '방위전'.

다시 말해 '기데온이라는 도시를 지킬 수 있을까'에 초점을 맞추고 공격자를 프랭클린, 방어자를 다른 두 사람으로 두고 싸우게 할 경우 어떻게 되는지에 대한 시뮬레이션이다.

결론부터 말하지.

100번 시험해보면—— 100번 모두 프랭클린이 이긴다.

이건 우열의 문제가 아니다.

세 사람의 방향성이 다른 것이다.

피가로는 〈초급 엠브리오〉가 장비품의 성능을 끌어올려 준다는 점을 보면 알 수 있듯이 개인적인 힘에 특화된 개인전투형. 신우도 마찬가지로 개인전투형이다.

그에 비해 프랭클린은 무수한 숫자를 불러내는 자.

땅을, 하늘을, 바다를 뒤덮을 정도의 군세를 거느리는 자.

그것들을 속된 말로, 플레이어 용어로는 광역제압형이라고 한다.

프랭클린도 그중 한 사람.

진지를 걸고 벌이는 방위전에서 공격 쪽에 선 광역제압형은 절대적으로 유리하다고 한다.

숫자를 자랑하는 상대에게 개인 쪽으로 특화된 사람이 맞설 경우, 특히 방위전의 경우 치명적으로 상성이 나쁘다.

개인 쪽으로 특화된 사람은 숫자로 인해 쓰러지지 않을 것이다.

구름같이 몰려드는 무리를 뚫고 상대방의 수급을 취할 수도 있을 것이다.

하지만 방어하기에는 숫자가 부족하고, 새어 나간 적으로 인해 방어해야 할 땅이 괴멸당하게 된다.

혹시나 몬스터의 이빨이 도시에 닿기도 전에 적의 수괴……

지금 상황으로 따지자면 프랭클린을 격파하는 것 같은 대처가

가능할지도 모른다.

하지만 프랭클린을 쓰러뜨린다 해도…… 프랭클린이 생각하고 있는 어떤 책략으로 인해 프랭클린이 있든 없든 몬스터들은 도시를 습격한다.

프랭클린이 그 책략을 실행하고 있다는 사실은 도시 안에서 벌어진 전투…… 정확히 말하자면 전투가 끝난 뒤의 상황을 보면 분명하다.

그렇기 때문에 피가로나 신우는 프랭클린에게 대항할 수 없다.

개인전투형이 벌이는 방위전이라는 상황으로만 한정짓는다면 **내 동료들**이라 해도 대처하기 곤란할 것이다.

□〈잔드 초원〉

『좋아, 좋아, 소비하는 건 기분이 좋아.』

프랭클린의 기쁜 듯한 목소리와 함께 판데모니움이 수많은 몬스터를 토해냈다.

판데모니움, 그 용의 입에서 땅으로 내려놓은 슬로프를 몬스터 무리가 우글우글 달려 내려가는 모습이 고전 애니메이션 같아보여서 우습기도 했다.

하지만 그 모든 것들이 불과 몇 킬로미터 앞에 있는 기데온을 파괴하려 하고 있다면 웃을 일이 아니었다.

"저 〈엠브리오〉를! 프랭클린을 친다! 지금이라면 아직 늦지 않았어!!"

린도스 경이 호령을 내렸고, 그에 맞춰 근위기사단도 움직였다.

그 판단은 올바르다.

토해낸 몬스터를 전부 막아낼 수는 없다.

하지만 도시를 습격하기 전인 지금이라면 아직 몬스터를 거느리고 있는 프랭클린을 쓰러뜨림으로써 피해를 막아낼 수 있다.

그렇기에 기사단은 건곤일척의 돌격을 감행하려 하고 있었다.

『늦지 않았다고? 그건 안 될걸.』

하지만 거기에 찬물을 끼얹는 듯이 프랭클린이 말했다.

『내 플랜을 두 번이나 박살 내준 왕국 여러분을 봐서 가르쳐 주지.』

그것은 눈앞의 기사단뿐만이 아니라 프랭클린이 일으키려 하는 비극을 막기 위해 움직이기 시작한 모든 〈마스터〉에게 한 말이기도 했다.

『이 몬스터는 내가 죽어도 멈추지 않아. 그리고 나는 이걸 **멈출 수 없어.**』

프랭클린이 한 말을 많은 사람들이 의미를 알 수 없다는 듯이 받아들였다.

지금 그야말로 몬스터를 이용해 기데온을 공격하고 있는 장본인이 무슨 소리를 하는 거지?

"무슨 소리를 하시는 거죠? 이 몬스터는 당신이 보낸 거잖아요?"

그 자리에 있던 릴리아나의 말은 많은 사람들을 대변하는 말이기도 했다.

그녀의 말을 듣고 프랭클린이 약간 더 환한 미소를 지으면서.

『그런데? 내가 판데모니움으로 만든 몬스터야. 하지만 이미 내 것이 아니거든.』

다음 말을 이어나갔다.

『──놓아줘 버렸으니까.』

그 말을 들은 사람들은 처음에 프랭클린이 무슨 말을 한 건지 이해하지 못했다.

그리고 무슨 말을 했는지 이해했을 때, 진짜 이해하지 못하는 상황에 빠졌다.

"당신은…… 당신은 무슨 소리를 하시는 거죠?"

『그, 종속 캐퍼시티라는 게 있잖아? 아무리 내가 초급 직업인 [대교수]라도 이렇게 많은 몬스터는 캐퍼시티 안에 다 안 들어가. 파티라 해도 다섯 칸밖에 없고.』

테임 몬스터는 자신의 종속 캐퍼시티를 소비하여 몬스터를 자신의 전력의 일부로 다룬다.

종마 계통이나 기사 계통, 연구자 계통, 그리고 [포주] 등은 캐퍼시티의 상한치를 올릴 수도 있지만, 당연하게도 한계가 있다.

몬스터의 숫자나 힘이 캐퍼시티를 넘어가면 사역하는 것이 불가능해지거나 강제적인 파워 다운으로 이어진다.

그렇기에 프랭클린은…… 그러한 제약에 얽매이지 않는 수를 썼다.

『이렇게 많은 몬스터에게 온 힘을 다해 싸우게 만들려면 놓아 줄 수밖에 없잖아.』

놓아준 몬스터는 사역하는 것이 아니기 때문에 당연히 캐퍼시티에도 문제가 없다는 발상의 전환.

아니, 제어의 포기를 실행한 것이다.

『아, 안심해. 프로그래밍은 제대로 해두었으니까 이쪽으로 오진 않을 거야. 이 녀석들은 '죽을 때까지 앞으로 전진한다'는 것하고 '내 클랜 멤버나 내가 만든 생물 이외의 것들을 몰살시킨다'는 것이 머릿속에 확실하게 들어 있으니까. 그래서 그 이름도 '수어사이드(자살) 시리즈!』

프랭클린은 '엣헴'이라고 말하며 가슴을 폈지만, 구역질이 나는 발상이었다.

그저 만들어지고, 그저 전진하고, 지정된 것 이외의 것들을 전부 죽이며 앞으로 나아가기만 하는 생명의 무리.

〈Infinite Dendrogram〉을 놀이(게임)라고 본다 해도 피해야만 할 행동.

〈Infinite Dendrogram〉을 세계(월드)라고 본다면…… 이미 광기라는 단계조차 넘어섰다.

『애초에 왜 내가 서쪽으로 도망쳤을 것 같아? 이 녀석을 사용했을 때 우리나라나 제3국인 레젠더리아에 피해를 입히지 않게 하기 위해서야. 몇 만 마리나 되는 몬스터들이 벌이는 죽음의 행군. 죽지 않는 한 멈추지 않는 이 녀석들은 국경 같은 건 쉽사리 넘어버릴 테니까. ……아, 동쪽에는 카르디나가 있긴 한데, 딱히 상관없어. 거기도 왕국과 마찬가지로 적이니까.』

프랭클린이 '어차피 카르디나로 들어가더라도 [지신]이나 [섬멸왕]에게 처리당하겠지만'이라고 중얼거린 말은 입밖으로 새어 나오지 않았다.

『그렇게 되었으니 내게도 이미 놓아줘 버린 몬스터를 어떻게 해볼 수 있는 수단은 없어. 그리고 나를 죽여봤자 놓아줘 버린 몬스터는 나하고 상관이 없으니 멈추지도 않고. 이해하셨는지 요(Tu as compris)?』

프랭클린은 일부러 현실에서의 모국어를 쓰며 도발했다.

"………."

그에 비해 네메시스도, 릴리아나도, 그 자리에 있던 근위기사단 사람들도 아무 말이 없었다.

토해낸 몬스터는 전부 쓰러뜨려야만 한다.

몬스터를 토해낸 판데모니움과 프랭클린도 쓰러뜨려야만 한다.

가능하다면 5만 마리가 넘는 몬스터가 전부 다 방출되기 전에 판데모니움을 격파하고 후속 병력을 끊어내야만 한다.

하지만 지금 이곳에 있는 전력은 치명적으로 부족하다.

릴리아나와 린도스 경을 필두로 하여 움직일 수 있는 근위기사단 몇 명만으로는 판데모니움을 쓰러뜨리기 힘들고, 그렇다 해서 저렇게 많은 몬스터를 상대로는 시간을 벌 수조차 없다.

이미 중앙 대투기장을 막고 있는 결계는 의미가 없기에 〈마스터〉들의 손에 파괴될 것이다.

서문을 막고 있던 코큐토스의 《지옥문》도 패배해 사라졌다.

이제 몇 분만 지나면 〈마스터〉들도 도와주러 달려올 것이다.

하지만 그보다 먼저 '수어사이드' 시리즈가 기데온을 유린할 것이고, 판데모니움은 남아 있는 수만의 악의를 토해낼 것이다.

몇 분이 너무나도 멀다.

『후후후, 이제 늦었…….』

모두가 그렇게 생각하고 있는 와중에.

"──시간을 번다."

프랭클린의 조소를 가로막으려는 듯이 말한 것은 어떤 의미로는 그 자리에서 가장 뜻밖의 인물이었다.

왜냐하면 그의 싸움은 이미 끝났을 테니까.

왼팔을 희생시키고 온몸에 상처를 입은 채 전부 다 소진하여 잠들어 있었을 테니까.

하지만 그가 일어서 있었다.

그── 레이 스탈링은 일어서 있었다.

의식은 아직 몽롱할 것이다.

전투로 인한 피로 때문에 아바타를 움직이는 플레이어의 정신도 온전하지 못할 것이다.

상황을 완전히 파악하고 있는지조차 알 수가 없다.

하지만 그의 두 눈은 기데온으로 달려들고 있는 5천 마리가 넘는 몬스터들을 바라보고 있었다.

"레이!"

"레이 씨?!"

온몸에 입은 상처 계열 상태이상은 아직 낫지 않았고, 왼팔은 움직이지 않았고, HP 상한치는 절반에도 못 미치는 상태였다.

그럼에도 불구하고 그는 서 있었다.

"가자. 네메시스, 실버."

자신의 애마를 불러내는 것과 동시에 남아 있던 오른팔을 자신의 〈엠브리오〉에게 뻗었다.

"……윽, 알겠다!"

네메시스는 한 순간 망설였지만, 곧바로 그 손을 잡은 뒤 자신의 형태를 까만 대검으로 바꾸었다.

『하하, 하하하…… 아, 정말 눈물이 나네. 그렇게 만신창이가 되었으면서 아직 덤비겠다는 거야? 욕심꾸러기. 너는 네 싸움을 마쳤으니 느긋하게 잠들어 있으면 되잖아.』

"끝나지 않았어."

『……?』

"아직 끝나지 않았다고. 이 발걸음과 검을 휘두르는 팔을 멈추기는 아직 이르지."

그것은 의식이 또렷하지 않기 때문에 나온 말일까.

"──눈앞에 너와 비극이 있는 한."

아니면 그의 마음속 깊은 곳이 약간이나마 말이 되어 나온 것일까.

『…………아, 그래.』

그 말을 듣고 프랭클린이 납득했다는 듯이 고개를 끄덕였다.

『너, 메이든의 〈마스터〉이면서도 그 애하고는 다르구나. 굳이 말하자면…… [명왕]하고 판박이야.』

그렇게 중얼거리는 프랭클린과 판데모니움을 등진 채 레이가 실버를 타고 달려갔다.

향한 곳은 기데온으로 돌진하는 5천의 악의의 선두.

"──《지옥독기》."

레이는 무리의 선두에서 달려가는 몬스터를 향해 3중 상태이상 독가스를 뿜어냈다.

[맹독], [어지러움], [쇠약], 이 상태이상으로 인해 몬스터 수십 마리의 움직임이 둔해졌지만…… 그게 전부였다.

몬스터 5천 마리는 움직임이 둔해진 몬스터를 밀어내고, 또는 짓뭉개면서도 기데온을 향한 발걸음을 멈추지 않았다.

하지만 그중 몇 마리는 레이를 적으로 인식하고 요격행동을 취하기 시작했다.

그것들은 연계하지도 않고 제각각 무기와 발톱, 이빨, 생체화기, 공격마법으로 레이를 노렸다.

레이와 실버는 그것들을 피하려 했지만 전부 다 피하지 못하고 맞아서 낙마했다.

그것은 레이 자신이 이미 만신창이였기 때문일까.

아니면 상대방이 혼자가 아니기 때문일까.

오히려 이것이 아직 50레벨도 되지 않는 레이에게는 당연한 결과이기 때문일까.

어찌 됐든 레이의 움직임은 멈췄고, 몬스터 몇 마리가 숨통을 끊으려고 달려들었다.

릴리아나와 린도스 경 같은 근위기사단도 구하러 오고 있었지만 몬스터들로 인해 가까이 다가갈 수가 없었다.

『레이!!』

네메시스의 경고보다, 레이가 몸을 일으키기보다 먼저 몬스터의 발톱과 이빨이 육박했다.

그렇게 레이가 이 〈Infinite Dendrogram〉에서 두 번째 죽음을 맞이하려 했을 때.

『키기기기기기기기기기기기기기기기기긱──!!』

'첫 번째 죽음'이 그것을 가로막았다.

레이에게 몰려든 몬스터를 분쇄한 그것은 탄환과도 같은 생물.

그것은 예전에 레이의 몸을 산산조각 낸 것.

그것은 아르캉시엘이라 불리는 〈엠브리오〉로부터 날아간 것.

그 〈엠브리오〉의 〈마스터〉는…….

『돕도록 하지.』

검은 안개에 감싸여 나이, 성별도 알 수 없는…… 〈초급 킬러〉

라 불리는 PK였다.

『숫자가 너무 많다. 지금은 협력해서 대처할 때다.』

〈초급 킬러〉는 보이스 체인저를 쓴 것처럼 부자연스러운 목소리로 레이에게 말을 걸었다.

"…………."

예전에 〈노즈 삼림〉에서 레이를 PK한 〈마스터〉.

예전에 [갈드랜더]와의 싸움에서 레이를 도운 〈마스터〉.

그런 상대에게 레이는.

"그래, 부탁할게. '마리'."

아무렇지도 않게 **그녀 자신의 이름**을 부른 것이다.

『잠깐, 어어어어어어어어어?!』

『으어어어어어어어어어어어?!』

〈초급 킬러〉—— 마리 애들러가 깜짝 놀라 소리 질렀다.

까만 대검인 네메시스도 마찬가지로 경악하여 소리 질렀다.

그동안 마리의 등뒤로 접근해 온 몬스터에게 레이는 흑기부창으로 변형시킨 네메시스를 찔러 넣었다.

네메시스도 깜짝 놀라고 있긴 했지만 레이의 의사로 인해 변형이 진행되었고, 몬스터를 관통했다.

『어째서?! 어째서 들킨 거죠?!』

『이 녀석이 마리?! 무슨 소리냐?! 레이?!』

"……처음 보는 거면 모를까, 지금이라면 안개 너머로 봐도 알아."

휴우, 레이는 그렇게 한숨을 쉬었다.

그때 옆에서 달려들려던 몬스터를 마리의 확산관통탄이 벌집으로 만들었다.

"아~, 일부러 《변성》 스킬을 쓰면서까지 속이려 했던 제가 바보 같잖아요."

꿰뚫은 몬스터가 사라지는 것을 보며 마리가 《변성》을 풀고 그녀 자신의 목소리로 말하기 시작했다.

『어? 진짜로 마리가 《초급 킬러》인 게냐? 농담이 아니라?』

"지금은 긴급 사태니까, 그런 이야기는 제쳐두셨으면……."

"그래."

레이는 그렇게 말하고 방금 전에 자신에게 공격을 가한 몬스터의 얼굴에 《복수는 나의 것(벤전스 이즈 마인)》을 때려 넣었다.

"그 대신 다음번에 결투를 해줘."

한 손으로 네메시스를 겨누는 레이.

"알겠습니다. 그때는 온 힘을 다해 상대하죠."

아르캉시엘과 [비봉검]을 겨눈 채 레이와 등을 맞대고 선 마리.

그리고 두 사람은 다가오는 몬스터에게 덤볐다.

지금까지 두 사람이 나란히 서서 싸운 적은 없다.

함께 싸웠다고도 할 수 없는 교차를 [갈드랜더]와의 싸움에서 잠깐이나마 겪었을 뿐.

그리고 〈노즈 삼림〉에서 한 번 교전했을 뿐.

그런데도 불구하고 두 사람은 즉석에서 연계하여 기어드는 몬스터들을 그 칼날과 총으로 물리치고 있었다.

그것은 마리가 자신에게 부족한 것을 찾아내기 위해 레이를 관찰해왔기 때문에.

그것은 레이가 자신을 쓰러뜨린 상대의 움직임을 계속 회상해왔기 때문에.

두 사람의 움직임은 일치했고, 한 쌍의 벽이 되었다.

그들이라는 벽으로 인해 몬스터 5천 마리의 발걸음이 약간이나마 느려졌다.

『핫! 그래봤자 두 사람이야! 〈마스터〉단 두 사람이 개조 몬스터 5천 마리를 막아낼 수 있을 리가 없잖아!』

프랭클린이 한 말은 사실.

아무리 그중 한 사람이 지금까지 기적과도 같은 승리를 쌓아온 루키라 해도.

아무리 그중 한 사람이 예전에 〈초급〉을 쓰러뜨린 최강의 PK라 해도.

단 두 사람이 5천 마리를, 그리고 뒤에서 대기하고 있는 몬스터 5만 마리를 막을 수는 없다.

그렇다, 이대로 가다가는 언젠가 패배한다는 것은 피할 수 없는 사실.

"——그렇다면, 스무 명으로 막도록 하죠."

그렇기에 잇는 자가 필요했다.

누군가의 목소리가 들린 뒤, 레이와 마리 뒤쪽인 서문 안에서 수많은 공격이 몬스터 군단을 향해 날아갔다.

그것은 괴조가 내뿜은 불꽃이었고, 공격마법이었고, 거대한 철구였고, 불화살이었고, [매료]를 거는 유혹이었다.

몬스터 5천 마리 중 가장 앞에 있던 50마리 정도가 일제공격으로 인해 격파되었다.

"레이 씨! 마…… 시껌둥이 씨! 원군이 왔어요!"

"루크!"

"……시껌둥이라는 게 저인가요?"

『……다른 사람들도 **잔뜩** 있으니 이름을 부르지 못한 게지.』

서문에 있었던 것은 전부 합쳐 스무 명의 〈마스터〉와 그들이 소환, 테이밍한 몬스터.

그 선두에 서 있었던 것은 루크였고, 카스미, 이오, 후지농도 보였다.

그리고 중앙광장에서 흩어진 뒤 살아서 이곳에 합류한 투기장의 루키 네 명.

그리고 서문 주변에서 《지옥문》에 의해 [동결]되었던 상급에 해당하는 〈마스터〉 열두 명.

"그럼! 가자! 이 자식들아!"

"루키 도련님하고 아가씨들한테만 맡겨둘 수는 없지!"

"……이거 내일 MMO 저널 플랜터에 실리려나~."

"프랭클린 죽여! 죽여!"

그렇게 소리치는 그들의 마음가짐과 이유가 제각각 다르긴 했지만, 그들은 〈상급 엠브리오〉를 지니고 있는 상급 직업 〈마스터〉다.

유고에게는 상성 때문에 싸우지도 못하고 졌지만, 전부 다 이 결투도시를 거점으로 삼고 있는 역전의 〈마스터〉다.

종합적인 힘으로 따지면 현재의 레이를 훨씬 뛰어넘는 그들의 참전은 이 국면에서 매우 크게 작용하게 된다.

『말도 안 돼.』

그들의 참전으로 인해 그 누구보다도 프랭클린이 경악했다.

있을 수 없는 일이었기 때문이다.

그들을 얼음 조각으로 만든 코큐토스의 《지옥문》.

프랭클린은 그 [동결]이 이렇게 빨리 해제되지 않는다는 사실을 잘 알고 있었다.

상태이상 회복아이템을 무효화시키고, 만약 유고 자신이 당하더라도 최소한 한 시간 동안은 동결이 지속된다.

예외가 있다고 한다면.

『푼 거냐, 유…….』

스킬의 사용자인 유고가 자신의 의지로 《지옥문》을 완전히 해제시켰을 때뿐.

그러려면 [매료]같은 것으로는 불가능하고, 본인의 의지가 필요하다.

다시 말해 유고는 이 국면에서 자신의 의지로 프랭클린을 배신하고 푼 것이다.

프랭클린은 그렇게 생각하고 '……그러고 보니 먼저 배신한 건 나였네'라고 생각하며 뒤늦게 자조했다.

『뭐, 됐어. 늘어나봤자 겨우 스물두 명이잖아? 막아보라고, 내

마수의 파도를 그 몸으로 말이야.』

프랭클린이 살의를 담은 말을 내뱉자 수천 마리가 넘는 '수어사이드' 시리즈가 이빨을 드러내며 포효했다.

이미 버려진 신세인 그들은 프랭클린의 뜻에 따른 것이 아니었다.

그저 눈앞에 나타난 새로운 적대 생물에게 투쟁심을 불태우는 것만은 세포 안쪽에 새겨져 있었다.

"시간을 벌자! 투기장에 있는 녀석들이 나올 때까지 한 마리도 도시 안에 들어가지 못하게 한다!"

"지금까지 열심히 싸운 루키 도련님들이 데스 페널티를 받게 하면 안 되지!"

"……지금 열심히 싸우면 유명해지나?"

"킬! 프랭클린!"

상급 〈마스터〉가 몬스터 5천 마리에게 돌격했고, 지금 22대 5,000의 싸움이 시작되었다.

그것은 규모로 따지면 오늘 밤 벌어진 싸움 중에서도 가장 큰 싸움.

하지만 그것은 오늘 밤 '벌어지는' 싸움 중에서는 가장 큰 싸움이 아니었다.

□■기데온 중앙 대투기장 무대

그 광경을 아무도 보고 있지 않았다.

투기장에 모인 관객들은 절망이나 희미한 희망과 함께 중계 영상을 보고 있었기 때문이다.

한 남자가 결계로 가로막힌 무대로 다가가는 것을 아무도 보고 있지 않았다.

남자는 키가 컸고, 검은 곰 모피를 뒤집어쓰고 있었다.

남자는 터벅터벅 걸어가 결계로 다가갔다.

결계 옆에는 다른 〈마스터〉들이 있었다.

그들은 이제 몬스터가 해방되지 않는다는 것을 알고 무대에서 〈초급〉 두 사람── 피가로와 신우를 구해내려고 움직인 〈마스터〉들이었다.

하지만 회장의 출입을 제한하고 있는 결계보다 더 견고한 결계를 깨진 못했고…… 지금은 그들도 중계 영상에 시선을 고정시키고 있었다.

남자는 그런 그들 옆을 지나 결계로 다가갔다.

갑자기 무언가가 남자를 덮쳤다.

그것은 푸른 슬라임.

프랭클린이 투기장 안에 해방시켰던 [옥시전 슬라임], 그 찌꺼기.

거의 대부분의 [옥시전 슬라임]은 투기장 안에 있던 〈마스터〉들에게 격파되었지만, 잔해 사이에 한 마리가 살아남아 있었다.

그리고 이 [옥시전 슬라임]만은, 시각을 통해 주위를 감지하지 않는 이 생물만은 아무에게도 들키지 않고 남자에게 다가갈 수 있었다.

잔해에서 기어 나온 [옥시전 슬라임]은 마침 근처에 있었던 남자를 덮쳤다.

그리고 덮친 직후에── 남자가 아무렇게나 휘두른 주먹의 손등 쪽에 맞아 먼지로 변했다.

초저온 맹독 불사신인 슬라임이 단순한 주먹으로 인해 **파괴**되었다.

"어?"

"어라, 어느새……."

슬라임과 전투를 벌였다고도 할 수 없는 순간적인 접촉과 슬라임이 분쇄되는 소리를 듣고 결계 주위에 있던 〈마스터〉들도 남자가 있다는 것을 깨달았다.

하지만 그때 이미 남자는 다시 주먹을 휘두르고 있었고, 방금 전 슬라임이 그렇게 되었던 것처럼── 결계를 일격에 **파괴**했다.

결계가 부서진 순간, 안에 갇혀 있던 〈초급〉 두 사람이 해방되었다.

결계의 파괴로 인해 투기장이 시끄러워진 와중에…… 남자는 해방된 〈초급〉 중 한 사람, [초투사] 피가로에게 말을 걸었다.

"여기는 맡기지. **지하에 있는 녀석이나 관객석에 있는 두 사람이 뭔가 저지르려 하면 막아줘.**"

남자는 그대로 출구를 향해 걸어가기 시작했다.

그 뒷모습을 보고 피가로가 물었다. "너는 어떻게 할 건데?"라고.

남자는 한순간 중계 영상을 보고…… 등을 돌린 채 이렇게 대답했다.

"그 녀석이 붙잡은 가능성을── 이어줘야지."

□ [■■■] ■■ · ■■■

프랭클린이 꾸민 이번 게임, 이것에는 커다란 실수 세 가지가
있었다.

내가 찾아낸 게 세 가지일 뿐, 제삼자가 보기에는 더 적을 수
도, 더 많을 수도 있다.

차례대로 늘어볼까.

첫 번째, 중계를 통해서도 말했지만 이 기데온을 박살 내고 왕
녀를 유괴하는 계획에 플랜 A와 플랜 B, 이렇게 이름을 붙인 뒤
순서대로 실행한 것.

저항하면 할수록 악랄한 플랜을 실행해서 마음을 꺾는 것이
목적이니 그래도 괜찮을 거라 생각할 수도 있겠지만, 투입되는
전력만 놓고 보면 축차투입과 다를 바가 없다.

내보낼 생각이 있는 전력이라면, 처음부터 전부 다 내보내면
된다.

일찌감치 결계를 장악하고 PK 소동을 일으킨 뒤 거리에 몬스
터를 해방시킨다.

그렇게 혼란스러운 가운데, 몬스터 5만 마리가 침공하게 되면
막아낼 수단은 거의 없다.

왕녀는 유괴당했고, 기데온은 큰 타격을 입었다.

그런 상황에서 가지고 놀려고 하다 보니 결국 차례대로 공략당해 지금에 이르렀다.

뭐? '지금부터 몬스터 5만 마리로 승부를 내면 결과는 마찬가지다'?

그래, 그렇지. '승부를 내면' 마찬가지다.

알면서도 그렇게 말하는 거지?

두 번째, 그 녀석에게 보복하는 것을 계획에 포함시킨 것.

그게 왜 실수냐고?

계획에 포함시킨 그 [RSK]라는 몬스터가 끼어든 탓에 해방되는 시간이 늦어졌잖아?

아, 아니, 그게 아니지. 그 녀석에게 보복하겠다는 것은 딱히 실수가 아니다.

하지만 계획과 보복을 동시에 진행시키면서 그 녀석의 싸움에 '걸어야 할 것'을 만든 게 실수라고.

잘 모르겠다는 표정인데.

그 [RSK]라는 몬스터는 분명 **보통 상황이었다면** 그 녀석을 쓰러뜨렸을 거라고.

하지만 그 녀석이 지면 잃게 되는 것이 있다는 조건이 그 녀석의 힘을 실력 이상으로 끌어올렸다. 그게 프랭클린의 실수다.

그 녀석이 쓴 그 공기폭탄도 사용할 MP의 기반이 된 원념이 도시에 충만해 있었기에 사용할 수 있었던 거다.

그 녀석만을 노리고 기습을 했다면 쉽사리 보복이 끝나지 않 았을까?

실제로 〈초급 킬러〉는 그렇게 그 녀석을 한 번 쓰러뜨렸다.

그 녀석은 이번 같은 경우에는 강하니까. [RSK]는 그 때문에 진 거야.

뭐, 그래도 저쪽에서는 이번처럼 사람의 목숨이 걸려 있는 케 이스가 별로 없었지만.

세 번…… 아, 이건 역시 그만둘래.

말하는 게 창피해졌어.

아니, 나한테도 수치심 정도는 있는데.

뭐? '수치심이 있는 사람은 그런 차림을 하지 않을 것 같은데' 라고?

시끄러워. 애초에 내가 하루 종일 그런 차림을 하게 된 건 네 가 캐릭터를 만들 때……. '뭐든 상관없으니 세 번째를 말해'라 고…… 어쩔 수 없지.

세 번째, 프랭클린이 저지른 가장 큰 실수는…….

◆ ◆ ◆

■〈잔드 초원〉

〈Infinite Dendrogram〉에서는 전력을 나타내는 단위로써 아룡 클래스, 순룡 클래스라는 단어를 사용할 경우가 많다.

아룡 클래스는 하급 전투 직업 한 파티, 여섯 명 정도, 혹은 상급 전투 직업 한 명 정도의 전력.

순룡 클래스는 상급 전투 직업 한 파티, 여섯 명 정도의 전력.

단적으로 말해 순룡 클래스는 아룡 클래스의 여섯 배 이상의 전력이라 할 수 있다.

하지만 상급 전투 직업의 전력은 하급 직업 여섯 개와 상급 직업 두 개의 레벨을 어느 정도까지 올렸는지에 따라 크게 달라진다.

상급 〈마스터〉라면 〈엠브리오〉의 보정이나 고유능력에 따라 단독으로도 순룡을 상대할 수 있을 것이다.

하지만 그럼에도 불구하고 대충 전력을 계산하면 그 정도라고 볼 수 있다.

프랭클린이 선발대로 투입한 '수어사이드' 시리즈 5천 마리는 전부 다 아룡 클래스.

다시 말해, 상급 직업 5천 명 정도의 전력.

그에 비해 방어하는 〈마스터〉는 상급, 하급직을 합쳐 스물한 명.

초급 직업이 한 명 있긴 하지만, 합쳐도 겨우 스물두 명.

〈엠브리오〉의 능력을 대충 더해서 한 명당 전력을 순룡 클래스로 높게 잡아봐도 전력 대비는 5000 대 132.

비교하는 것이 바보 같게 느껴질 정도의 전력 차이.

그런데도 전투가 개시된 지 3분이 지난 상황에서도…… 아직 〈마스터〉는 한 명도 탈락하지 않았다.

『……용케도 버티네.』

프랭클린은 질렸다는 듯이 말했다.

몬스터 5천 마리를 내보낸 프랭클린도 그들 스물두 명이 이렇게까지 버틸 줄은 생각하지 못했다.

이 결과는 여기에 모인 〈엠브리오〉의 능력에 기인한 것이다.

스물두 명. 프랭클린이 이미 알고 있는 능력을 지닌 자들을 제외하더라도 스무 명 정도의 〈마스터〉가…… 〈엠브리오〉가 있다.

그들 중에는 아군을 대폭으로 강화시키는 자도 있고, 벽처럼 막아서는 자도 있었다. 대군의 발을 묶는 자도 있었다.

〈엠브리오〉의 다종다양함, 능력의 베리에이션.

그들은 각자의 힘을 발휘함으로써 아직까지 몬스터 5천 마리를 그 자리에 잡아두며 도시에 발을 내딛지 못하게 하고 있었다.

다양성. 그것은 물론 프랭클린이 만든 몬스터도 갖추고 있었다.

하지만 그들과 맞붙고 있는 '수어사이드'는 전진하고, 죽이고, 죽는 것만 프로그래밍된 생물병기다.

종족은 다양하긴 하지만 상대방에게 맞춰서 연계하고 다양성을 발휘할 지능은 전혀 없다.

그렇기 때문에 압도적인 전력 차이에도 불구하고 밀어붙이지 못하고 있었다.

『…………자.』

사실 여기서 몬스터들의 발이 붙잡힌다 해도 프랭클린에게는 별다른 문제가 되지 않았다.

　지금도 앞서 내보낸 5천 마리의 몬스터를 뒤따르는 몬스터를 판데모니움에서 토해내고 있었다.

　프랭클린의 계산으로는 만약 그들이 약간의 시간을 벌어서 중앙 대투기장에 갇혀 있던 〈마스터〉가 모인다 해도 도시에 피해를 입힐 수는 있다.

　여기에 있는 스물두 명이 몬스터 5천 마리를 제압한다 해도 그것은 결사적인 시간벌기에 불과하다.

　그들은 아직 죽지 않았지만 몬스터 5천 마리도 겨우 몇 퍼센트 정도만 잃었을 뿐이다.

　그에 비해 〈마스터〉들은 MP나 SP의 소모도 심하다. 언젠가는 저항할 수 없게 되어서 박살 나 사라지는 것은 확정되어 있다.

　그 뒤쪽에는 그 열 배나 되는 몬스터들이 대기하고 있고, 프랭클린이 옆에 거느리고 있는 [DGF]나 [KOS] 같은 전투 계열 초급 직업에 해당하는 성능을 지닌 몬스터도 여러 마리 있다.

　중앙 대투기장에 있는 〈마스터〉는 1000명 정도, 프랭클린은 그렇게 기억하고 있다.

　그 정도라면 프랭클린이 준비한 전력으로도 기데온을 섬멸할 수 있는 것이다.

　프랭클린은 〈초급〉 중에서 '전투'에 뛰어난 편이 아니다.

　맞서서 '준비, 시작!'이라고 외친 뒤 전투가 시작되면 하급에게도 쓰러질 우려가 있다.

하지만 '전략'에는 뛰어나다.

왕국과의 전쟁이 끝난 뒤 〈Infinite Dendrogram〉 시간으로 반 년.

시간과 자금을 들여 몬스터라는 전력을 모은 지금이라면 프랭클린은 혼자서 〈마스터〉 1000명을 쓰러뜨릴 수 있다.

『…………자, 자.』

유일한 문제는 〈초급 격돌〉에 찬물을 끼얹고 결계를 이용해 정지상태로 가두어둔 것으로 인해 적이 되었을 〈초급〉 두 명.

[초투사] 피가로와 [시해선] 신우.

그들이 나오면 프랭클린은 십중팔구 데스 페널티를 받게 될 것이다.

솔로 주의인 피가로는 손을 쓰지 않을 지도 모른다.

하지만 신우의 경우에는 지금 이 순간에 필살 스킬을 써서 프랭클린의 가슴에서 황금 손톱이 튀어나오더라도 전혀 이상하지 않다.

하지만 프랭클린은 그렇다 해도 상관없었다.

그렇다 해도 이미 배출된 만여 마리가 넘는 몬스터들이 기데온을 덮칠 것이다.

그리고…… 아직 쓰지 않은 비장의 수도 있다.

프랭클린 자신(다이아), [주악왕] 벨도르벨(클럽), 유고(하트)에 이어 네 번째 무늬…… 스페이드는 투기장 지하에 배치되어 기동될 때를 기다리고 있다.

만약 지금 프랭클린이 데스 페널티를 받으면 곧바로 그 역할을 다하게 될 것이다. 그것이 최후의 플랜…… 엘리자베트에게

넌지시 말했던 플랜 D다.

하지만 그보다 먼저 결판이 날지도 모른다.

프랭클린이 몬스터를 이용해 가하고 있는 공세는 곧바로 거센 파도처럼 기데온을 유린할 것이다.

인간이 쌓은 장벽이나 토대를 이용해 막아낼 수 있을 리가 없다.

그렇게 〈마스터〉들이 지키고 있던 기데온이 큰 타격을 입으면 왕국은 꺾이게 된다.

목적은 달성하게 되니까.

『…………자, 자, 자, 자.』

이제 어떻게 하든 프랭클린의 승리이고, 아무것도 하지 않고 있기만 해도 이길 수 있는 국면.

『역시 열받으니까 죽일까.』

그렇기에—— 프랭클린이 움직였다.

프랭클린은 판데모니움의 발치에서 근위기사단을 말 그대로 걷어차서 박살 내고 있던 공룡—— [DGF]를 보았다.

전설급 〈UBM〉의 특전을 소재로 만들었기에 전설급 〈UBM〉에 해당하는 성능을 지녔고, 이번 계획에 프랭클린이 데리고 온 개조 몬스터 중에서도 스페이드를 제외하면 최강에 위치하는 괴물.

처음에 레이가 '수어사이드'를 막으러 나섰을 때, 프랭클린이 나서지 말라고 했던 괴물에게.

『[DGF], 저 눈엣가시 같은 녀석들을 박살 내줄래?』

지금, 레이를 포함한 왕국의 〈마스터〉들을 말살하라는 명령
이 내려졌다.

『VAAALUGAAAAAAAAAAAAAAAAAAAAAAAAAAAAAAAAAAAAA
AA!!』

[DGF]는 천지를 뒤흔드는 것 같은 포효를 내질렀고, 그보다
더 큰 진동으로 대지를 뒤흔들며 거세게 돌진했다.

향한 곳은 몬스터 5천 마리와 스물두 명이 전투를 벌이고 있
는 최전선.

판데모니움 발치로부터 그곳까지 [DGF]는 눈 깜짝할 새에 거
리를 좁혔다.

──우선, 스무 명이 되었다.

붉은 오라를 두르며 돌격한 [DGF]로 인해 전위를 맡고 있던
상급 전위 직업 두 명이 짓밟혀 먼지로 변했다.

그와 동시에 후방에 위치하며 대미지를 대신 받던 〈엠브리오
〉가 한계를 맞이하여 부서졌다.

──다음으로는 열아홉 명이 되었다.

상급 마법 직업이 공격마법을 날렸지만 붉은 오라에 막혀 사
라졌다.

그 뒤를 이어 휘두른 꼬리에 상반신과 하반신이 잘려나가 먼
지로 변했다.

──그리고, 열여섯 명이 되었다.

〈마스터〉 세 사람이 동시에 필살 스킬로 공격을 가했다.

하지만 그것이 발동하기도 전에 잔상이 생겨날 정도로 빠르게 움직인 [DGF]가 세 사람 모두를 물어 죽였다.

눈 깜짝할 새에 지금까지 탈락하지 않았던 스물두 명 중에서 여섯 명이 탈락했다.

"치잇!"

이곳에서 유일한 초급 직업인 마리가 움직여서 관통탄을 [DGF]의 머리에 발사했다.

하지만 관통탄은 붉은 오라에 닿은 순간 속도와 위력이 줄어들었고, [DGF]의 갑각에 튕겨나갔다.

"공방일체의 붉은 오라, 《용왕기》! 그렇다면 어떤 [용왕]을 소재로……!"

마리의 추측은 정확했다.

〈UBM〉 중에는 [용왕]이라 불리는 것들이 존재한다. 매우 강력한 순룡 중에서도 한 종족의 왕이라 불릴 정도로 격이 다른 힘을 지닌 존재.

온갖 공격을 약하게 만드는 《용왕기》라 불리는 힘을 지니고 있으며, 당대에 유일무이할 정도로 강한 존재이기에 전부 다 〈UBM〉으로 인정되는 용들의 왕.

프랭클린은 지금까지 몇 번 [용왕]을 토벌했고, [DGF]는 [사룡왕 드래그 팔랑크스]라 불렸던 [용왕]의 특전으로 만들어냈다.

그렇기에 그 힘은 순룡 클래스를 훨씬 뛰어넘었고 기반이 된 〈UBM〉에 필적하는 전투력을 지니고 있다.

물론 [용왕]의 상징인 《용왕기》와 함께.

『VAIGAAAAAAAAAAAAAAAAAAAAAAAAAAAAAAAAAA!!』

"큭……!"

초급 직업인 마리도 전설급에 필적하는 [DGF]를 상대로 맞붙으면 완전한 상태에서도 호각.

하지만 지금은 벨도르벨과 전투를 벌이느라 소모된 상태였고, 필살 스킬의 반동으로 인해 폭렬탄과 추미탄을 사용할 수 없는 상황이었다.

(방법을 따지자면 오라가 옅은 사각에서 급소에 '관살의 우르베티아'를 박아 넣는 정도밖에 없겠죠. 그렇게 해도 해치울 수 있을지 미심쩍지만요.)

마리는 《녹색 관통》과 《은빛 섬광》을 조합시킨 필살 스킬을 오늘 두 번째로 사용하더라도 일격에 쓰러뜨릴 수 있는 확률이 별로 높지 않을 거라 짐작했다.

순룡 클래스 이상인 몬스터는 막대한 HP를 지니고 있어 초급 직업이라도 필살 스킬이나 오의를 사용하지 않으면 일격에 쓰러뜨릴 수 없다.

게다가 미쳐 날뛰고 있는 [DGF]는 소재로 사용된 [사룡왕]과 비슷한 힘을 지니고 있다. 아르캉시엘의 필살 스킬로도 쓰러뜨릴 수 있을지는 승산이 낮은 도박이다.

하지만 장기전을 벌일 수는 없다. [DGF]가 날뛰면 날뛸수록, 마리가 대응하는데 애를 먹으면 먹을수록 전선이 무너지고 기데온에 몬스터가 들이닥치게 될 것이다.

마리는 각오를 다지고 필살 스킬용 특수 탄두를 장전했다.

"《훙환……?!》"

하지만 그보다 먼저 [DGF]가 움직였다.

방금 전과 마찬가지로 잔상을 남길 정도로 **빠르게**.

──좀 떨어진 곳에 있던 레이를 향해서.

"레이?!"

"레이 씨!"

마리와 루크가 소리친 순간에도 [DGF]는 엄청난 속도로 레이를 향해 가고 있었다.

생각해보면 당연했다.

지금 이 곳에 있는 사람들 중에서 프랭클린이 누구를 가장 박살 내고 싶어 하는가.

부하인 [DGF]가 그 뜻에 따라 움직이는 것도 충분히 가능했다.

"잠깐, 큭!"

마리가 [DGF]를 쫓아가려고 하자 마리를 노리고 다가온 AGI 특화형 '수어사이드'가 가로막았다.

"…………."

붉은빛을 늘어뜨리며 맹렬하게 다가오는 [DGF]를 보고 레이는 아무런 말도 하지 않았다.

아직 의식이 약간 몽롱한 탓일까.

아니면…… **해야 할 일**을 정해두고 있기 때문일까.

"……휴우."

『레이……?』

레이는 까만 대검 형태인 네메시스를 겨누었다.

도망치지 못한다는 것을 레이는 깨닫고 있었다.

지금은 실버를 타고 있지도 않고, 만약 실버를 타고 달린다 해
도 도망칠 수 없다.

여기서…… 〈Infinite Dendrogram〉에서의 두 번째 죽음을 맞
이하게 된다는 것을 레이는 깨달았다.

하지만 그 전에 할 수 있을지도 모른다고 생각하는 것이 있
었다.

그것은 '공격을 맞은 순간 카운터로 받아친다'.

대미지로 인해 자신이 죽는다 해도 일격 분량의 대미지는 두
배로 받아칠 수 있지 않을까.

그렇게 하면 사태가 조금이나마 호전되게 만들 수 있다.

레이는 그렇게 생각했다.

『……맡겨두거라.』

네메시스도 마찬가지로 레이의 마음을 깨달았다.

그렇기에 자신이 할 수 있는 것, 스킬을 확실하게 발동시키자
고 각오했다.

그렇게 각오를 다진 두 사람 앞, 불과 몇 메텔 앞에 [DGF]가
도달했다.

거대한 입을 벌리고 자신의 창조주의 적을 말살하려 하고 있
었다.

"와라……!"

그 순간을 모두가 보고 있었다.

마리가 보고 있었다.
루크가 보고 있었다.
카스미가, 이오가, 후지농이 보고 있었다.
살아남은 〈마스터〉 열 명이 보고 있었다.

릴리아나가 보고 있었다.
린도스 경이 보고 있었다.
근위기사단이 보고 있었다.

기데온의 주민들이 보고 있었다.
왕도의 주민들이 보고 있었다.
결계에서 해방된 피가로와 신우가 보고 있었다.

프랭클린이 보고 있었다.

레이는 눈앞에서 크게 벌어진 입을 보면서, 그럼에도 불구하
고 자신이 해야 할 일을 하기 위해…… 결코 눈앞에 있는 죽음
으로부터 눈을 돌리지 않았다.
네메시스는 자신의 〈마스터〉가 죽으려 하는 순간에도 그가
원하는 카운터를 놓치지 않겠다고 마음을 다잡으며 눈을 돌리
지 않았다.

그리고.

──그리고, 그 누구도 보지 못했다.

"그런 모 아니면 도 같은 카운터는 좀 더 멋진 장면에서 날려
야 한다곰~."

'그 남자'가 레이의 앞에 선 순간을, 그 누구도 보지 못했다.

"어?"

그것은 레이가 흘린 목소리였고, 그와 동시에 그것을 보고 있
던 많은 사람들이 낸 목소리였다.

마치 화면을 빨리 감은 것처럼, 그곳에 있는 것이 당연한 것처
럼, '그 남자'가 서 있었다.

기묘한 차림이었다.

한마디로 말하자면 '모피를 입은 남자'.

머리 위쪽 절반을 뒤덮는 듯이 곰 머리 가죽을 뒤집어썼고, 등
에는 머리에서 이어진 모피가 망토처럼 흘러내리고 있었다.

키가 크고 상반신은 알몸이지만…… 강철을 쥐어짠 듯한 근육
으로 뒤덮여 있었다.

하반신에는 머리에 뒤집어쓴 모피와 같은 재질로 만든 까만
전통복 같은 바지를 입고 있었다.

그리고 그의 오른쪽 다리는 왠지 모르겠지만 하늘로 곧게 뻗
어 올리고 있었다.

단련을 해서 그런지 저런 자세를 잡고 있는데도 한 치의 흐트

러짐이 보이지 않았다.

"그런 건 말이야, 도박에서 이기면 살아남을 수 있고, 상대방을 쓰러뜨릴 수 있는 장면에서 해야 하는 법이야. 이기든 지든 죽게 되고, 상대방은 상처를 입기만 하는 거면 임팩트가 좀 약하지곰~. ……아, 지금은 이 말투가 필요 없겠군."

갑자기 나타난 모피를 입은 남자는 오른쪽 다리를 머리 위로 높게 들어 올린 채 그렇게 말했다.

그 남자의 차림새나 말투가 분명히 이상했지만, 주위의 광경은 더욱더 이상하다는 것을 사람들이 깨달았다.

그 공룡이 없다.

몇 초 전까지만 해도 레이를 물어뜯으려고 달려들었던 [DGF]가 어디에도 없었다.

모피를 입은 남자가 나타난 것과 동시에 사라져버렸다.

"……거짓말."

하지만 〈마스터〉 중에서는 마리를 포함해 몇 명이나마 보고 있었던 사람도 있었다.

그녀들은 다들 하나같이 하늘을 올려다보고 있었다.

그들의 시선 끝에…… **수백 메텔 상공**에 [DGF]가 있었다.

시력이 뛰어난 사람이라면 공룡의 머리가 원형을 유지하지 못한 채 부서졌고, 이미 빛의 먼지로 변하기 직전이라는 것도 관찰할 수 있었을 것이다.

[DGF]가 처한 상황과 오른쪽 다리를 높게 들어 올린── 차 올린 남자의 자세에서 연상되는 해답은 두 가지.

이 남자는 십몇 톤이나 되는 괴물을 하늘 너머로 걷어차서 날린 것이다.

이 남자는 공방일체의 《용왕기》를 내뿜으며 막대한 HP를 지니고 있는 괴물을 발차기 일격에 **파괴**한 것이다.

"음~. 무게는 그럭저럭 나가네, 저 도마뱀."

"……아."

모피를 입은 남자가 오른쪽 다리를 땅으로 스윽 내리는 동작을 보고, 모피로 덮여 있지 않은 얼굴 아래쪽 절반을 보고, 레이가 눈치챘다.

남자가…… '자신이 잘 알고 있는 사람'이라는 것을.

"뭐, 예상대로 무리한 모양이지만…… 죽지 않고 버렸으니 됐지."

모피를 입은 남자는 그렇게 말하고 레이의 머리에 손바닥을 얹었다.

"기다렸지."

"……와줬구나."

"말했잖아? 반드시 간다고."

모피를 입은 남자는 레이의 머리에서 손을 내린 다음 허리에 달고 있던 주머니── 아이템 박스에서 무언가를 꺼내들었다.

그것은 반지, 이름은 [확성의 반지]였다.

『아~, 테스트, 테스트. 들리냐~, 프랭클린.』

『……그래, 들리는데.』

『그래~. 잘됐군, 잘됐어. 그럼 선언한다~.』

『…………선언?』

『오늘 밤, 네가 개최한 게임에서 너는 가장 큰 실수를 저질렀다.』

모피를 입은 남자는 그렇게 말한 다음.

『──그것은 '동생'과 '나'를 적으로 만든 거다.』

몇 사람밖에 의미를 알 수 없는 말이었지만 그 말에 담겨진 거센 전의는 그 자리에 있던 사람들뿐만이 아니라 중계를 보고 있던 사람들에게까지 닿았다.

『그러니 선언하마…… 프랭클린.』

그리고.

『네가 자랑하는 몬스터는── 이 [파괴왕(킹 오브 디스트로이)]이 전부 다 '파괴'해주지.』

남자는── 슈우 스탈링은 그렇게 선언했다.

그리고 오늘 밤 최후의 결전의 막이 올라갔다.

황국 최다 전력 보유자, Mr. 프랭클린.

왕국 최대 전력 보유자, 슈우 스탈링.

최다와 최대.

[대교수]와 [파괴왕].

〈초급〉과 〈초급〉.

지금부터 시작되는 것은 기이하게도 오늘 밤의 메인이벤트와 마찬가지.

다시 말해—— 〈초급 격돌〉.

□■???

[파괴왕] 슈우 스탈링.

왕국에 소속된 〈초급〉 네 명 중 한 사람이자 왕국의 토벌 랭킹에서는 〈Infinite Dendrogram〉 시간으로 2년 전부터 부동의 1위에 군림하고 있다.

또한 그 이름이 드러나지 않았음에도 불구하고 그와 얽힌 일화는 널리 알려져 있다.

왕국의 [삼극룡 글로리아] 토벌전, 〈남해〉의 [시체요새] 사건, 천지에서 일어난 [키문카무이] 사건, 카르디나에서 벌어진 [지신]과의 사투로 인해 생겨난 산맥소실사건. 황하의 〈초급 엠브리오〉 [미확인 비행요새 라퓨타] 추락 사건 등, 전부 다 열거하려면 끝이 없다.

하지만 그렇게 많은 사건의 중심인물이었고 소문도 꽤 많이 퍼졌지만, [파괴왕]의 이름이나 그가 어떤 사람인지에 대한 정보는 거의 존재하지 않았다.

항간의 소문에 따르면 아바타가 인간인지 아닌지조차 불확실했고, '하얀색이었다', '검은색이었다', '매번 모습이 다르다', '푹신푹신 복슬복슬', 이렇게 외모에 대한 정보도 애매했다. ……실제 모습을 보면 소문도 틀린 건 아니었지만.

그렇게 항간에서 돌아다니는 정보 중에서도 정확도가 높은 것이 두 가지 있다.

그중 하나는 그가 파괴자 계통 초급직이라는 것.

[파괴자(크래셔)]는 스테이터스 상승이 STR에만 특화된 직업이며, 주로 공성전 등에서 오브젝트를 파괴하는 것이 특기이다.

하지만 AGI나 END가 낮아서 전위로 내보낼 수 없는 직업 계통이라는 평가를 받는다.

하지만 [파괴왕] 슈우 스탈링은…….

◇ ◆ ◇

□■〈잔드 초원〉

그것은 수십 년 전의 소년만화와도 비슷한 광경이었다.

남자가 몬스터 한 마리를 걷어찼다.

그러자 몬스터는 발차기를 맞은 곳이 분쇄된 상태로 옆으로 날아가 다른 몬스터에 격돌하여 전부 다 산산조각 났다.

남자의 등 뒤에서 몬스터 한 마리가 달려들었다.

그러자 그 몬스터 턱 아래에는 어느새 남자의 주먹이 다가가 있었고, 그대로 날린 어퍼컷으로 인해 대기권을 뚫고 나간 몬스터는 비유가 아니라 말 그대로 별이 되었다.

그렇게 1분도 지나지 않아 300마리 이상의 몬스터가 부서졌고······ 아니, '파괴'되었다.

그 모든 것은 남자——[파괴왕]이 해낸 것이었다.

"······농담이지."

그 참상을 본 자—— 프랭클린이 그렇게 말하는 것도 무리는 아니었다.

그가 지금 무쌍 게임의 몹처럼 쓰러뜨리고 있는 몬스터는 결코 잡병이 아니었다.

한 마리 한 마리가 전투 계열 상급 직업에 필적하는 아룡 클래스 몬스터였다.

오히려 자신의 몸을 주저없이 내던지는 것을 감안하면 평범한 아룡 클래스보다는 훨씬 버거울 것이다.

그런데 발목을 붙잡지도 못하고 있었다.

남자가 달려가기 위해 내디딘 발이 몬스터를 분쇄했다.

남자가 아무렇게나 휘두른 팔이 몬스터를 폭쇄시켰다.

손가락이 스치기만 해도 아룡 클래스 몬스터가 즉사했다.

수많은 몬스터들이 종이보다 더 허무하게 '파괴'되어갔다.

하지만, 하지만 그 참상이 어떤 스킬······ 예를 들면 '닿은 것을 파괴한다' 같은 스킬로 인해 일어나고 있다면 그나마 납득할 수도 있을 것이다.

하지만 그런 것은 전혀 없었다.

저 행동에는 아무런 스킬도 사용하지 않고 있다.

그저 단순히 [파괴왕]의 '힘이 강하기 때문'에 저런 참상이 벌어진 것이다.

"⋯⋯⋯하."

프랭클린의 입에서 감탄을 뛰어넘어 질린 듯한 숨소리가 새어 나왔다.

그것은 프랭클린이 이 자리에 있는 그 누구보다 [파괴왕]이 불러일으킨 참상의 이유와 의미를 이해하고 있기 때문이다.

그 이유의 근거를 나타내려는 듯이 프랭클린의 오른쪽 눈이 푸르게 빛나고 있었다.

상급 직업이나 초급 직업에는 직업마다 오의나 고유 스킬이 존재하며, 프랭클린이 지니고 있는 초급 직업 [대교수]에도 당연히 그것이 존재한다.

그 고유 스킬 중 하나가 《예지의 해석안》.

대상 생물을 계속 바라봄으로써 대상의 스테이터스와 고유 스킬, 성장성, 상태이상, 떨어뜨리는 소재 등을 자세히 알 수 있는 스킬.

《은폐》나 《위장》 같은 스킬을 가지고 있더라도 계속 바라보면 그것까지 벗겨낸다.

영상으로 따지자면 스킬의 설명은 조금씩 안개가 걷히는 듯이 보이게 되며, 스테이터스는 0부터 시작하여 초속 2000 정도까지 상승하며 상대방의 스테이터스에 도달하면 멈추게 된다.

실제로 예를 들면, 은밀성에 특화된 [절영]인 마리라도 10초 만에 스테이터스를 전부 간파할 수 있을 정도다.

그렇기에 지금도 프랭클린은 [파괴왕]의 스테이터스와 보유 스킬을 볼 수 있었다.

그렇다, 봐버리고 말았다.

[파괴왕]**만으로도** 1080을 기록한 직업 레벨과.

——10만이 넘었는데도 정지하지 않고 계속 상승하는 STR(근력) 수치를.

"이거 지독하군……."

《예지의 해석안》의 스테이터스 간파는 상대방의 스테이터스에 도달하면 멈추게 된다. 다시 말해 [파괴왕]의 STR은 10만이 훨씬 넘고, 멈추려면 한참 남은 것이다.

스테이터스는 특화형 초급 직업이어야 겨우 만을 넘기는 수준인데, 단위가 다르다.

직업 스테이터스뿐만이 아니라 〈엠브리오〉나 장비의 보정도 더해진 거겠지만, 그럼에도 불구하고 정상적인 수치가 아니다.

또한, 《예지의 해석안》은 상대방이 스킬을 사용하면 그 스킬이 빛나게 표시된다.

하지만 [파괴왕]이 전장에 나타난 다음, 스킬이 한 번도 빛나지 않았다.

그것이야말로 [파괴왕]이 그저 힘만으로 수많은 몬스터를 '파괴'하고 있다는 사실을 인증하는 것이었다.

[파괴왕]이 지금 하고 있는 파괴는 전부…… 스킬을 사용하지 않은 **통상공격**이었다.

"……STR만 따지면 [수왕]과 필적할지도 모르겠군."

자신이 알고 있는 최강의 〈마스터〉와 비교하며 그렇게 중얼거렸다.

STR만 따지면 [파괴왕]은 모든 마스터 중에서 최강일지도 모른다고.

"그래, STR뿐이야."

그것을 제외한 스테이터스는 높지 않다.

STR이 매우 높아서 다른 것들이 낮게 보이는 것이 아니라, 여섯 자리인 STR과 다섯 자리인 HP를 제외하면 다른 모든 스테이터스가 네 자리였다.

특히 AGI는 아슬아슬하게 네 자리에 걸친 상태였다. 척 보기에도 밸런스가 안 좋다.

초음속으로 움직이는 AGI형이나 그 연속공격을 버텨내는 END형.

전위라면 둘 중 하나로 몰아주는 것이 정답이다.

전위인 초급 직업이라면 적어도 둘 중 하나는 5000 정도일 것이다.

하지만 [파괴왕]은 아니었다.

[파괴왕]은 STR 올인이라 불리는 빌드였다.

STR 하나만 특화시키고 다른 모든 것들을 버렸다.

그야 물론 공격력은 높을 것이다.

〈초급 엠브리오〉나 장비의 보정도 받고 있는지 지금도 괴물 이상으로 괴물 같은 힘을 발휘하고 있다.

하지만 보통은 살아남을 수 없다.

아룡 클래스라고 해도 속도에 특화된 것이라면 [파괴왕]의 다섯 배가 넘는 AGI를 지닌 몬스터도 꽤 많다.

STR 이외의 것들을 전부 다 버린 빌드라면 그런 AGI 특화 몬스터에게 계속 공격당하다가 일방적으로 HP가 깎여서 사라지는 것이 보통이다.

실제로 지금도 아음속으로 가동하는 몬스터가 사각에서 [파괴왕]의 목을 물어뜯으려고 움직였고.

──어느새 눈앞에 **놓여 있던** 주먹으로 인해 부서졌다.

"이치에 안 맞는데…….."

보이는 스펙과 눈앞의 참상이 일치하는 것 같으면서도 엇나가고 있다.

분명 [파괴왕]의 스펙을 보고 있는 프랭클린을 제외한 모든 사람들은 [파괴왕]이 그저 강하게 보이기만 할 것이다.

하지만 봐버린 프랭클린만은 그렇게 엇나가는 상황을 이해할 수 있었다.

그리고 그렇게 엇나가고 있는 상황이 스킬로 인해 벌어진 것이 아니라는 것만은 프랭클린도 알고 있었다.

그렇기 때문에 정답을 알 것 같으면서도…… 이해할 수 없었다.

정답은 하나밖에 없지만, 전혀 납득할 수 없었기 때문이다.

그 정답이란.

"……'현실에서 가져온 전투기술'인 건 아니겠지."

◇ ◇ ◇

□중앙 대투기장 무대

"'상대방이 열 배 빠르면 열 배 먼저 읽어내면 돼'."
"그게 무슨 소리냐."
"어떻게 나오든 상대방의 움직임을 읽고, 상대방이 궤도를 바꿀 수 없는 포인트에 미리 공격을 **놓아두는** 모양이야."
"흐어…… 그게 무슨 소리냐."

오늘 밤 메인이벤트가 될 예정이었던 〈초급 격돌〉이 개최된 중앙 대투기장.
그 무대 위에서는 〈마스터〉 두 사람이 나란히 서서 중계 영상을 바라보고 있었다.
한 사람은 [초투사] 피가로.
다른 한 사람은 [시해선] 신우.
〈초급 격돌〉에서 싸웠던 두 사람이자, 프랭클린의 책략으로 인해 시간이 정지된 결계에 갇혔고, 해방된 지금은 오늘 두 번째 개최된 〈초급 격돌〉을 바라보기만 하는 두 사람이었다.
물론 투기장에 있던 다른 〈마스터〉, 특히 그들을 구출하려고 했던 사람들은 '두 사람이 저 전장으로 도와주러 갔으면 좋겠다'라고 생각했다.
하지만 피가로는 이미 펼쳐진 전장에 참가할 의사가 없었고,

신우도 완전히 관전 모드로 들어갔기에 참가할 생각이 없었다.

이렇게 되면 말해봤자 소용이 없다.

〈초급〉, 그 최상위 플레이어이자 특이한 사람들의 골치 아픈 점이다.

무대 근처에 있던 〈마스터〉들은 어쩔 수 없이 두 사람의 도움을 포기하고 전장으로 향했다.

속으로는 '투기장에 무슨 일이 생기면 움직여주겠지'라는 심산과 '투기장에 있는 티안의 안전은 확보되었다'라는 생각이 있었고, 그것은 사실이었다.

지금 두 사람은 잡담을 나누고 있는 것에 불과했지만.

"그런데 용케도 알았구나."

"슈우가 [파괴왕]이 된 다음에 붙어본 적이 있었고, 그때 들었거든. 'AGI만 따지면 훨씬 높은 내 공격을 어떻게 막을 수 있는 거야?'라고 물어보니 그렇게 대답해줬어."

"아, 저 곰은 내 공격도 튕겨냈었지. ……………그런데 '열 배 먼저 읽기'라니, 보통은 그런 거 못하잖아?"

"그는 할 수 있는 모양이야. 예전에 격투기를 **좀 했었던** 모양이니까."

"호오, 격투기는 대단하구나. 나도 주니어 하이로 올라가면 선택해볼까. 아, 그런데 그런 건 남자들밖에 못하나?"

"수업이 아니더라도 어느 정도 문화권이라면 체육관이나 도장이 있을 텐데."

"아예 비경 같은 곳이 대단한 무술 같은 게 있을지도 모르지.

이쪽에서는 그랬던 모양이고."

"아, 황하에서 찾아낸 초급 직업 [무신(디 아츠)]이었던가? 무기 종류나 속성마법에 한정되어 있을 거라 생각했던 [신(더 원)] 시리즈에 '맨손'도 있었다니, 그렇게 놀란 기억이 있어."

"아니, **그런 조건**을 달성한 우리 대장은 머리가 이상하지! 저 곰하고도 좋은 승부가 되겠어! 머리가 이상해!"

"나는 슈우의 친구지만, 그 말은 부정할 수 없겠네."

한 시간 정도 전까지는 처절한 사투를 벌인 사이였을 텐데, 지금은 마치 친구인 것처럼 이야기를 나누며 〈잔드 초원〉을 비추고 있는 중계를 바라보고 있었다.

'한 번 진심으로 주먹을 주고받으면 친구지'라는 옛날 불량배 같은 생각까지는 아니겠지만 결투 랭커들끼리는 비슷한 감성을 지니고 있는지도 모른다.

실제로 그들이 이야기를 나누고 있는 모습은 마치 친구들처럼 보였다.

"그런데 저 녀석 인형옷 입고 있지 않았나? 저 옷차림은 뭐냐, 곰이긴 한데."

"저 장비는 **가변형** 장비야. 겉으로 보기에는 고대전설급 [인형옷]이지만, 사실은 신화급 [신의(神依)]인 모양이거든. 그, 가끔 '내 진정한 모습을 보여주마'라고 하면서 변신하는 보스가 있잖아. 그런 타입이 떨어뜨리는 장비 중에 가끔 저런 게 있어."

"……나는 그런 고전게임의 마왕 같은 보스를 만난 적이 없어."

"그렇구나. 〈묘표미궁〉을 파고들다 보면 종반의 보스 러시에서 1퍼센트 정도의 확률로 나와."

"……어? 시험해본 횟수가 100번이 넘는 거냐?"

"보통 아닌가? 참고로 214번이야. 아직 거기까지 간 지 얼마 안 되었거든."

"많잖아. 어쩐지 베리에이션이 풍부한 장비를 충실하게 갖추고 있다 싶더라니."

"장비를 넣을 아이템 박스만 해도 숫자가 많아서 곤란하지만 말이야. 그건 그렇고 가변장비는 재미있긴 한데, 성능은 너무 개성적이거든. 슈우의 저 장비는 〈UBM〉 특전무구라서 슈우에게 맞게 조정된 모양이지만."

"호오?"

"[인형옷]상태에서 은폐에 특화된 장비인 모양이니까…… 진짜 모습의 스킬도 아마 은폐겠지. 전장에 나간 방식을 보니…… '자신이 전투에 들어가기 전까지 기척과 모습을 없애는' 스킬이 달려 있는 거 아닐까. 그밖에도 사용 조건이 있을 것 같기는 한데."

"…………공격력이 저 모양인데 기습이 성립하다니, 밸런스 붕괴 아닌가?"

"네 필살 스킬도 마찬가지인 것 같은데."

"크하하하하하하! 이거 한 방 먹었군!"

그렇다, 이야기하는 모습은 친구들 같아 보였고, 이야기하고 있는 내용은 거의 대부분 게이머들의 관심사였다.

하지만 그 모습을 멀리서 바라보는 관객들에게는 〈초급〉 두 사람이 기데온을 덮친 재앙에 대한 대책을 논의하는 것처럼 보였다.

그 때문에 지금 중앙 대투기장에 있는 관객들은 긴장하고 흥분하면서 중계를 바라보는 사람과 기도하는 듯한 마음으로 두 사람을 보는 사람들로 절반씩 나뉘어 있었다.

하지만 그 기도의 대상인 두 사람이 나누는 이야기의 대부분이 잡담이라는 것이 문제였다.

"그런데 말이야."

"왜?"

하지만…….

"저 망할 백의, '아래에 있는 녀석'을 언제쯤 움직일 생각일까."

"아마 전술급 자폭형 몬스터일 테니까, 저 플랜 C라는 것에서 진 다음이겠지. 그렇게 오래 걸리진 않을 것 같은데."

──전부 다 잡담인 것도 아니었다.

"그럼 '아래에 있는 녀석'은 내가 필살 스킬로 처리하지. 피가로는."

"관객석에 있는 **최강** 중 어느 쪽이 적대 행동을 시작하면 막을 거야. '아래'도 신경 쓰이지만, 공교롭게도 솔로 전문이라서."

"크핫, 그쪽이 더 골치 아플 텐데!"

"그래도 즐거울 것 같잖아?"

"동감이다."

중계 영상에서 날뛰고 있는 같은 부류(파괴왕)를 바라보며 〈초급〉 두 사람도 송곳니를 갈고닦았다.

◆ ◆ ◆

■중앙 대투기장 관객석

투기장의 동문 쪽에 있던 어떤 관객…… 호저를 무릎 위에 얹고 있던 여자는 중계를 보다가 어떤 사실을 깨달았다.

그것은 중계 그 자체가 아니라 그것을 보고 있던 그녀 무릎 위의 호저—— 그녀의 파트너인 베헤모트였다.

그녀는 프랭클린의 몬스터 군단을 상대로 날뛰고 있는 [파괴왕]의 중계 영상을 보고 베헤모트가 매우 들떠서 기뻐하고 있다는 것을 알았다.

이 〈Infinite Dendrogram〉에서 베헤모트와 함께 지낸지 4년 이상. 그 정도 반응은 그녀도 이해할 수 있었다.

"저건 베헤모트가 마음에 들어 했던 그 곰과 동일 인물이겠죠."

그녀는 베헤모트가 마음에 들어 하며 인형옷 머리에 달라붙어 있었던 훈훈한 광경을 떠올리고 쿡쿡 웃었다.

그와 동시에 그녀는 한 마디의 단어를 머릿속에 떠올렸다.

그것은 중계에 시선이 고정되어 있는 많은 관객들이 생각하고 있는 것과 완전히 똑같은 단어였다.

(——강하다.)

그렇다, [파괴왕] 슈우 스탈링의 힘에 대해 그녀도 마찬가지로 그렇게 생각하고 있었다.

하지만 다른 관객과는 그 단어에 품고 있는 감정이 달랐다.

다른 관객들이 [파괴왕]의 전투에 자신들의 마지막 희망을 싣고 있다면.

(자잘한 기술도 쓰고 있다. 하지만 주된 공격은 기술이 아니라 어디까지나 힘. 그게 멋지다. 몸속에 울린다. 맞아보고 싶기도 하고 박살 내고 싶기도 하다. **싸운다면** 무대 위에 있는 녀석들보다 저쪽이 좋겠지.)

그녀는…… 관객 중에서 유일하게 [파괴왕]을 적대시하려는 생각을 하고 있었다.

그것은 마치 피에 굶주린 맹수가 사냥감을 원하는 듯한 시선이었고, 아주 약간 새어 나간 살기로 인해 주위에 있던 티안들이 이유조차 알지 못한 채 공포에 질려 몸을 떨고 있었다.

하지만 그녀는 곧바로 그 살기를 몸 안으로 거두어들였다.

왜냐하면 베헤모트에게서 어떤 사념이 전해져 왔기 때문이다.

『──마치 히어로 같아.』

중계 영상을 보니 달려드는 수많은 몬스터를 슈우가 발차기 한 방에 날려버리고 있었다.

수많은 추악한 괴물들에게 습격당해도 한 발도 물러나지 않고 일격에 쓰러뜨리고 있다.

그 모습을 보고 그녀도 고개를 끄덕였다.

『……네, 그렇네요. 히어로예요. 그야 상대하고 있는 게 악당이 어울리는 [대교수]니까요. 더 그렇게 보이네요.』

고군분투하고 있는 슈우는 히어로이고 추악한 몬스터를 거느리고 있는 프랭클린은 그야말로 악역 같았다.

『……뭐, 꼴사납다고 할 수는 없지만요.』

그런 식으로 감상을 덧붙이고 나서 그녀가 베헤모트와 계속 텔레파시로 이야기를 나누었다.

『──저기.』

『네, 왜 그러시죠?』

『──괴수여왕하고 히어로 중에 누가 더 셀까?』

『……그렇네요.』

그 질문의 의미를 이해한 그녀는 잠시 생각하고 나서.

"언젠가── 시험해볼까요."

목소리를 내어 베헤모트에게 그렇게 말했다.

그것은 지금이 아닌 미래에 대한 약정이었다.

『어찌 됐든, 오길 잘했네요. 저하고 베헤모트가 원하는 것을 한데 갖춘 사냥감이 있다는 건…… 매우 기쁜 일이니까요.』

그렇게 생각하며 그녀도 다른 사람들과 마찬가지로 중계에 집중하기로 했다.

그렇게 그녀와 베헤모트── 프랭클린이 이번 계획에서 협력을 요청하지 않았던 조커 일행은 끝까지 이 싸움을 조용히 지켜보기로 했다.

◇◆◇

□■〈잔드 초원〉

맨손으로 일방적인 '파괴'를 흩뿌리는 [파괴왕]으로 인해 이미 천여 마리의 몬스터가 격파되었다.

그뿐만이 아니라 [파괴왕]의 활약으로 인해 태세를 다시 갖춘 〈마스터〉 열 몇 명이 [파괴왕]의 유린극에서 벗어난 몬스터들을 요격하고 있었다.

그리고 서문에서는 차례차례 중앙 대투기장에 갇혀 있던 〈마스터〉들이 달려오고 있었다.

시간을 버는 것에 성공했고, 상황은 기데온을 지키는 왕국의 〈마스터〉 쪽으로 기울었다.

"[파괴왕]의 스킬과 스테이터스는 다 읽어냈다. 경악을 금할 수가 없군."

확실히 [파괴왕]의 스테이터스와 전투 기술은 놀라웠다.

주먹으로 날린 일격이 〈상급 엠브리오〉의 필살 스킬에 해당했고, 그것이 숙련된 격투기술을 기반으로 날아드니 무시무시하다.

그리고 《예지의 해석안》이 읽어낸 [파괴왕]의 고유 스킬도 위협적이었다.

스킬의 이름은 《파괴권한(디스트로이 오더)》.

스킬의 설명에는 '자신의 공격력 이하인 내구력을 지닌 파괴

불가능 대상을 파괴한다'라고만 적혀 있었다.

그것을 보고 프랭클린은 '물리공격이 효과를 발휘하지 못하는 [슬라임]이나 [스피릿]이라도 물리공격으로 파괴할 수 있게끔 하는' 스킬일 것이라고 짐작했다.

왜냐하면《물리공격 무효》를 지닌 채 방금 전에 공격한 [KOS]가 일격에 파괴되었을 때 스킬 이름이 빛나는 것을《예지의 해석안》으로 확인했기 때문이다.

[파괴왕]의 파격적인 STR로 인해 생겨나는 공격력을 감안하면《파괴권한》은 온갖《파괴무효》스킬을 무효화시키는 스킬이라 할 수도 있다.

"정말 놀랍긴 하지만…… 문제는 없군, [파괴왕]."

아무리 놀라운 힘이라 해도 [파괴왕]의 힘은 개인 쪽의 힘.

프랭클린이 경계하면서도 문제가 없다고 판단했던 〈초급〉 두 사람과 같은 종류이며 대응 가능한 힘에 불과하다.

다른 〈마스터〉가 모이기 시작했지만 문제는 없다.

판데모니움은 5천 마리에 이어 5만 마리의 몬스터를 이제 곧 다 토해내게 된다.

그 5만 마리는 '수어사이드'시리즈이긴 했지만, 선발대로 내보낸 5천 마리와는 버전이 다르다.

순룡 클래스 성능을 지닌 몬스터가 3할 정도 포함되어 있지만 그것뿐만이 아니었다.

개량점으로서 판데모니움에서 토해낸 다음, 버릴 때 단순한 지시를 추가로 심어둘 수가 있다.

구 버전인 5천 마리를 선발대로 내보낸 것은 '수어사이드' 시리즈가 단순히 전진만 할 거라고 생각하게 만들기 위해서다.

이번 지시는 단순하다. 『판데모니움에서 모든 '수어사이드' 시리즈가 방출된 뒤에 산개하며 기데온으로 침공한다』, 그게 전부다.

하지만 다르게 말하자면 '5만 마리나 되는 몬스터가 일제히, 그리고 제각각 움직이며 기데온을 공격한다'는 것이다.

축차투입이라면 그나마 대응할 수도 있을 것이다.

한데 뭉쳐 움직인다면 수많은 〈마스터〉가 있는 지금, 필살 스킬을 집중적으로 날림으로써 어떻게 해볼 수 있을지도 모른다.

하지만 5만 마리나 되는 몬스터가 일제히 흩어져 파도처럼 마을을 공격하면 숫자가 적은 쪽에서는 대처할 수가 없다.

차원이 다른 STR을 자랑하는 [파괴왕]이 있다 해도, 천여 명이나 되는 〈마스터〉들의 원군이 있다 해도, 몬스터 중 몇 할은 확실하게 기데온으로 돌입할 것이다.

그러면 승리조건이 달성된다.

그리고 바로 지금, 판데모니움에서 마지막 몬스터가 배출되었다.

"좋아, 이제 진군이 개시되――."

그렇게 말하려 했던 순간, 프랭클린의 눈앞에서 세계가 바뀌었다.

지면이 파헤쳐지고, 흙더미가 산산조각 나 하늘을 가렸다.

고막과 몸이 찢어지는 것 아닐까 하는 생각이 들 정도로 큰 폭열음이 연속으로 울렸다.

거칠게 코를 찌르는 화약과 피냄새가 진동했다.

그리고 수많은 몬스터의 아비규환.

프랭클린은 눈 깜짝할 새에 자신이 내보내려 했던 몬스터들이 섬멸당해가는 것을 지각하고 있었다.

그렇게 만든 것은 어디선가 날아든 무수한 포탄.

"포격?! 대체 무슨……!!"

그리고 프랭클린은 떠올렸다.

수수께끼의 〈초급〉, [파괴왕].

그에 대한 정확도가 높은 정보가 두 가지 있었다는 것을.

하나는 파괴자 계통 초급 직업이라는 것.

그리고 다른 하나는…………

"'전함'……!!"

어느새 폭열음이 멎었고, 전장에 바람이 불었다.

흙먼지 장막이 바람에 씻겨나가 탁 트인 착탄점에 무사한 '수어사이드' 시리즈는 하나도 없었다.

그 참상 건너편에 **어떤 것**이 보였다.

언제부터 거기 있었던 것일까.

프랭클린의 판데모니움과 마찬가지로 《광학위장》으로 인해 그 누구도 눈치채지 못했던 **그것**은…… 이미 위장을 벗겨낸 상태였다.

그것은 성채보다 더 거대한 모습.

그것은 병기.

그것은 탈것.

그것은── 〈초급 엠브리오〉.

그것은── 거대한 무한궤도로 대지를 짓누르고 있는 '육상전
함'이었다.

두 번째 정확도가 높은 정보──『[파괴왕]의 〈엠브리오〉는
'전함'이다』가 사실이라고 알려주는 것처럼.

『──《양현 5연장 자재포탑(트윈 퀸튜플 캐넌)》, 소이탄 장전(세트
파이어 봄)…… 일제사격(버라지).』

육상전함── [파괴왕]의 〈초급 엠브리오〉, [전신함(戰神艦) 발
드르]는 기계음성을 내며 함체의 양쪽에 달려 있던 5연장 포탑
으로 살아남은 몬스터 쪽을 향해 다시 포격을 날렸다.

공중에서 연료를 흩뿌리며 착탄한 것과 동시에 거세게 불타오
른 소이탄으로 인해 수많은 몬스터들이 불타오르거나 직격당해
새까만 숯으로 변했다.

『──《77연장 유도비상체 발사기구(스타더스트 제노사이더)》.』

포격뿐만이 아니었다.

실루엣이 전차, 배, 남자아이용 장난감 같기도 한 육상전함.
그 갑판 일부가 열리고 수많은 발사관이 드러났다.

그 발사관에 일제히 점화의 빛이 보인 순간, 연기로 된 꼬리를 끌며 비상체가 날아올랐다.

비상체는 사냥감을 노리는 맹수처럼 몬스터를 추미, 접촉, 폭파시켜 먼지로 만들었다.

『──《광학참식 근접방어망(블러디 레이저스톰)》.』

장갑 각 부위가 움직였고, 센트리 건처럼 생긴 총들이 튀어나왔다.

그것들은 제각각 독립적으로 움직이며 붉은 레이저 광선을 발사했고, 사정거리 안에 있던 몬스터를 순식간에 잘게 잘라냈다.

압도적. 압도적인 섬멸이었다.

발드르에서 날린 무장, 그 모든 것이 일대다 상황을 상정한 광범위 섬멸병장.

위협적이고 공포의 상징이었던 프랭클린의 개조 몬스터가 얼마 되지도 않은 시간 안에 만 마리나 쓰러졌다.

"저 녀석…… **광역섬멸형**?!"

프랭클린이 이날 처음으로 화가 나서 목소리가 거칠어졌다.

그럴 만도 했다.

왜냐하면 눈앞에 있는 것이 프랭클린의 천적이기 때문이었다.

프랭클린의 판데모니움은 수만의 병사로 대상 거점을 공략하여 함락시키는 광역제압형.

그에 비해 [파괴왕]의 발드르는 **단독으로 수만을 살상하는** 광역섬멸형인 것이다.

〈엠브리오〉에게도 상성이 존재한다.

몇 분 전에 프랭클린이 개인 쪽 힘인 피가로와 신우를 보고 '이 조건이라면' 이길 수 있다고 확신했던 것처럼.

지금 프랭클린은 [파괴왕]에게 이길 수 없다고 확신했다.

이미 만 마리, 공격이 멈추지도 않았기에 다시 만 마리.

남아 있던 몬스터는 지시대로 흩어지기 시작하고 있었지만, 저런 화력이 있는 이상 섬멸당하는 것도 시간문제다.

[파괴왕]의 이름 아래 전부 다 파괴될 것이다.

왕국 최대전력, [파괴왕].

그것은 왕국 최대의 힘을 지닌 〈마스터〉와 왕국 최대의 화력을 지닌 〈엠브리오〉.

숫자나 어설픈 힘에 의존하는 상대에게 뒤처지지 않는다.

"⋯⋯⋯⋯여기까지, 인가."

프랭클린은 플랜 C의 달성이 불가능하다는 것을 깨달았다.

'수어사이드' 5만 마리가 섬멸되기 전까지 시간이 남긴 했지만 '수어사이드'로 기데온을 공격하는 플랜은 박살 났다.

만약 [파괴왕]의 섬멸포격을 피한 개체가 몇 마리 있다 해도 그 정도라면 다른 〈마스터〉가 메꿀 것이다.

"⋯⋯플랜 A는 레이 스탈링에게. 플랜 B는 〈초급 킬러〉에게. 그리고 준비하느라 가장 시간을 많이 들인 플랜 C는 [파괴왕]에 게 박살 난 건⋯⋯가. 하핫⋯⋯."

프랭클린은 궁지에 몰린 현재 상황을 생각하고 자조를 담아

웃었다.

"이쪽 플랜이 다음 단계로 넘어갈 때마다 상대쪽 전력까지 다음 단계로 넘어가니 '웃을 수밖에 없는 것'인가?"

이미 프랭클린이 보유하고 있는 전력 중에는 승리할 수 있는 수단이 없다. [주악왕] 벨도르벨은 탈락했고, 유고 레셉스는 프랭클린을 저버린 데다, 배신파는 도움이 안 된다.

(적어도 한 전력…… 그녀들이 도와준다면 다시 뒤집을 수 있을 텐데.)

하지만 프랭클린은 그것이 있을 수 없는 일이라는 사실을 알고 있었다.

그녀들…… 조커에 해당되는 자는 그녀들의 타깃인 제1왕녀가 이 기데온에 오지 않은 시점에서 움직이지 않게 된 것이다.

(그렇지 않더라도 그녀가 있으면…… 바보 같군. 내가 무슨 생각을 하는 거야.)

지금 이곳에, 그리고 이미 프랭클린의 곁에 없는 사람까지 생각나자 프랭클린은 스스로를 비웃었다.

"…………이제 됐어."

그리고 매우 차가운 눈으로 판데모니움에서 전장을…… 그 너머에 있는 기데온을 내려다보았다.

"이제 내게 승산은 없다. 그건 알겠어."

자신에게 확인하는 듯이 말을 자아낸 뒤 백의 주머니에 오른손을 넣었다.

"그렇다면 너희들의 승리도…… 내 패배도 **없앨** 뿐이지."

그렇게 말하며 주머니 속에서── 마지막 말의 기동 스위치를
눌렀다.

◇ ◆ ◇

□■중앙 대투기장 지하

지상 투기장에서 많은 관객들이 중계 영상을 보며 자신들의
미래에 대해 일희일비하고 있던 무렵.

중앙 대투기장 지하 4000메텔 위치에서 지상을 향해 암반을
파헤치고 있는 존재가 있었다.

그것은 거대한 지네와 비슷하게 생긴 괴물이었다.

머리에는 드릴 같은 돌기가 있었고 그것이 고속으로 회전함으
로써 견고한 암반을 분쇄하며 땅속을 나아가고 있었다.

괴물의 이름은 [NDW(뉴클리어 드래그 웜)].

프랭클린이 이 계획에서 준비한 마지막 말── 스페이드이다.

이 [NDW]는 [데미 드래그 웜(아룡갑충)]을 기반으로 만들어진
개조 몬스터이며 뛰어난 지중 천공(穿孔)능력을 지니고 있다.

하지만 [NDW]의 가장 큰 특징은 [데미 드래그 웜]의 지중 천
공능력이 아니었다.

몸 안에 숨기고 있는 한 발의 병기, 그것이야말로 [NDW]의

유일하면서도 최대의 무기.

땅속이기에 그 괴물의 모습을 볼 수 있는 사람은 없었지만, 만약 전신을 봤다면 [NDW]의 가슴이 붉게 빛나고 있다는 것을 눈치챌 것이다.

그것은—— 간단히 말하자면 **핵폭탄**.

예전에 [핵격룡 운터강]이라는 고대전설급 〈UBM〉을 프랭클린이 토벌했고, 그때 얻은 특전을 소재로 삼아 [NDW] 안에 넣었다.

기동되면 반경 2킬로미터 이내를 작열과 방사능의 폭풍으로 소멸시킨다.

물론 그렇게 되면 폭심지인 [NDW] 그 자체도 사망하지만, [NDW]는 아랑곳하지 않는다.

[NDW]는 처음부터 자폭을 전제로 생산된 특공병기.

이 [NDW]는 어떤 이유로 플랜 C…… 프랭클린이 보유하고 있는 '수어사이드' 시리즈의 총공격을 감행한 뒤에도 승산이 없을 때 기동되는 플랜 D(디스트로이)의 핵심.

지기 전에 게임판을 뒤집어엎기 위한 비장의 수…… 스페이드니까.

이대로 [NDW]가 지상 부근까지 올라와 자폭하면…… 투기장에 있는 모두가 죽는다.

티안 관객도, 도시를 다스리는 기데온 백작도, 남아 있던 〈마스터〉들도 모두 사라진다.

그리고 기데온의 상징이었던 중앙 대투기장도 흔적도 없이 소멸한다.

막대한 피해 앞에서 왕국은 더욱 혼란에 빠지고 실의에 잠기게 된다.

그렇게 되면 왕국은 프랭클린을 쓰러뜨린다 해도 결코 승리를 선언할 수는 없다.

만에 하나라도 이 위기를 뛰어넘어 왕국이 힘을 되찾는 것을 막기 위한 최종수단이야말로 이 [NDW]다.

프랭클린도 중앙 대투기장 같은 시설은 앞날을 위해 남겨두고 싶었지만, 그럼에도 불구하고 '패배하지 않는 것'과 비교하면 별 것 아닌 문제였다.

『DRURURURURURURURU……』

[NDW]는 견고한 암반을 아무렇지도 않게 파헤치며 나아갔다.

이대로 나아가면 몇 분도 지나지 않아 지상에 도달할 것이다.

프랭클린이 원하는 대로 그 패배를 기데온과 함께 통째로 소각시킬 것이다.

지상으로 다가가자 [NDW]의 뛰어난 생체음감 센서가 지상에 있는 사람들의 목소리를 잡아내기 시작했다.

『잘한다! [파괴왕]!』

『〈마스터〉 분들! 힘내요!』

『부디, 부디 살아날 수 있기를……』

대부분의 목소리는 [파괴왕]을 필두로 한 〈마스터〉들의 활약을 응원하는 것이었다. 그중에는 공포 속에서 무사한 내일을 기원하는 목소리도 있었다.

하지만 어떤 목소리도 아직 절망에 빠지지는 않았다.

몇 분 뒤…… [NDW]가 지상에 도달했을 때, 자신들이 이 세상에서 사라질 것이라고는 전혀 생각하지도 못하는 목소리다.

그 사실에 대해 [NDW]는 아무런 생각도 하지 않았다.

애초에 사고라는 기능은 갖추고 있지 않았다.

다른 몬스터라면 모를까, '투기장 지하에서 대기하다가 기동 신호와 동시에 지상으로 부상하여 자폭한다'는 역할밖에 없는 [NDW]에게는 불필요했기 때문이다.

음감 센서도 지상을 볼 수 없는 지하에서 올라갈 곳을 잘못 지정하지 않기 위한 기능에 불과하다.

그렇기에 [NDW]는 사람들의 목소리 따위는 신경 쓰지 않았다.

『《마법 사정거리 연장》, 《마법 위력 확대》, 《마법 범위 지정 확대》, 《마법 은폐》…….』

그중에 **기묘한 단어의 나열**이 섞여 있다 하더라도.

『각 마법 확장 스킬에 MP를…… 그래, **50만**씩 투입하고.』

의미를 알 수 없는 자에게는 잠꼬대에 불과하고, 의미를 알 수 있는 자에게는 헛소리로 들리는 그 단어.

물론 애초에 사고를 하지 않는 [NDW]는 흘려들었지만…….

『——《머드 크랩》.』

그 직후에 [NDW]는 다리 관절 하나도 움직일 수 없게 되었다.

『DUURURURURURURURURU?!』

[NDW]는 사고를 하지 못했지만, 상정된 범위에서 훨씬 벗어난 사태로 인해 내부에서 생겨난 에러가 비명과도 같은 울음소리가 되어 새어 나왔다.

머리의 드릴을 회전시켰지만 움직이지 않았다.

그뿐만이 아니라 회전시키려 한 부하로 인해 드릴이 부서졌다.

[NDW]는 지금 같은 상황을 전혀 이해할 수 없었다.

하지만 만약 그 광경을 볼 수 있는 사람이 있었다면 눈치챘을 것이다.

[NDW]가⋯⋯ 매우 단단하게 압축된 흙에 온몸이 둘러싸여 있다는 것을.

◇ ◆

중앙 대투기장 관객석은 웅성대고 있었다.

방금 전에 지면이 약간 흔들렸기 때문이다.

왕국에서는 요즘 지진이 자주 일어나기도 했지만, 갑자기 흔들리자 사람들도 동요했다.

하지만 흔들린 것이 일시적이었고, 여진도 없었기에 사람들은 '바깥에서 벌어지고 있는 전투의 진동이 여기까지 전달된 건지도 모른다'고 생각하여 곧바로 중계 쪽으로 관심을 돌렸다.

그런 사람들 중에 혼자서 지면을 바라보며 중얼거리고 있던 남자가 있었다.

남자는 터번을 쓰고 피부를 가리는 넉넉한 옷을 입은 아라비아풍 남성이었다.

"그 애가 썼던 거하고 비슷한 정도로 담아봤는데…… 너무 많구나. 3분의 1정도면 충분했겠어."

아라비아풍 남자는 그렇게 말하고 한숨을 쉬었다.

"어, 왜 그래! 형씨! 아까부터 고개를 숙이고 말이야!"

그때 껄끄러운 표정을 짓고 있던 그에게 옆자리에 있던 중년 관객이 말을 걸었다.

아라비아풍 남자는 곤란한 듯한 표정으로 고개를 들고는.

"아, 네. 발치에 **벌레**가 있어서 신경 쓰였거든요."

그렇게 대답했다.

그 대답을 듣고 중년 관객이 깜짝 놀란 다음 크게 웃었다.

"하하하! 이 상황에서 벌레가 신경 쓰이다니, 소심한 건지 대범한 건지 잘 알 수가 없는 형씨로군! 뭐! 지금은 우리가 할 수 있는 게 아무것도 없어! 저 [파괴왕]이나 〈마스터〉 분들에게 맡기고 응원할 수밖에 없으니까!"

"아하하, 그렇네요. 뒷일은 맡기도록 하죠."

아라비아풍 남자는 웃으면서 대답하고 중년 관객과 함께 중계를 보기로 했다.

그들의 발치, 지하 3000메텔 위치에서는 프랭클린의 최후의 말인 [NDW]가 꿈쩍도 하지 못한 채 포박되어 있었다.

그것은 《머드 크랩》이라는 지속성 **초보 구속마법**이었지만 담겨 있는 마력이 비정상적이었기에, 이미 원형조차 남지 않은 위력을 발휘하고 있었다.

뛰어난 지중 잠행능력을 지니고 있던 그 웜조차 다리 하나 움직이지도 못하고 있자니 마치 등신대 관짝 안에 들어 있는 것 같기도 했다.

이제 [NDW]는 아무것도 할 수 없다.

지상으로 부상해서 폭발할 목적을 가지고 있었기에 오폭을 피하기 위해 땅속에서 폭발하는 기능은 지니고 있지 않았다.

그리고 스페이드라 불리던 최후의 말은 그대로 꿈쩍도 하지 못하고…… 몇 분 뒤에 신우의 필살 스킬로 인해 코어가 파헤쳐져 절명했다.

◇ ◆ ◇

□■〈잔드 초원〉

"……이제 몇 분인가."

[NDW]의 기동 스위치를 누른 직후, 프랭클린은 숨을 내쉬며 중얼거렸다.

프랭클린이 시작한 테러…… 프랭클린의 게임은 그에게 이미 결과를 기다리는 것만 남게 되었다.

[NDW]의 자폭, 아니면 프랭클린 자신의 데스 페널티. 그 둘 중 하나로 프랭클린의 이번 테러는 끝나게 된다.

"정말…… 뜻밖의 사태가 너무 많았지."

〈초급 킬러〉, [RSK]의 패배, 유고의 배반, 마무리로 [파괴왕]의 출현.

성공시키기 위해 여유를 가지고 준비했던 프랭클린도 미처 다 대응하지 못할 정도로 뜻밖의 사태가 너무 많았다.

"특히 [파괴왕]은 반칙 아닌가?"

이 〈잔드 초원〉을 이제 초원이라 부를 수 없을 정도로 지형을 파괴하며 [파괴왕]의 〈초급 엠브리오〉의 포격, 폭격이 '수어사이드' 시리즈를 섬멸해나갔다.

"뭐, 잔뜩 쏴대고 있는 포탄도 내 몬스터와 마찬가지로 소재 비용이 들 테니 그것만큼은 서로 주고받은 형태겠지만."

프랭클린은 '대충 계산해도 30억 릴은 들겠네'라고 약간 마음이 시원해진 듯이 말하며 웃었다.

그와 동시에 한 가지 의문이 생겨났다.

"그런데…… 왜 포탄을 이 판데모니움에 날리지 않는 거지?"

저 화력과 사정거리를 볼 때, 마음만 먹으면 판데모니움을 금방 파괴할 수 있었을 것이다.

프랭클린은 그러지 않는 이유를 생각하다가 시야에 들어온 사람을 보고 바로 눈치챘다.

그 사람은 판데모니움 위에 눕혀둔 제2왕녀.

그렇다, 지금 판데모니움에는 프랭클린뿐만이 아니라 프랭클린이 납치한 제2왕녀도 타고 있다.

저 전함의 포격으로는 인질을 피해 공격하는 것이 불가능하다.

그렇기 때문에 [파괴왕]의 엠브리오는 이쪽을 공격하지 않는 것이다, 프랭클린은 그렇게 이해했고…… 다음 의문에 도달했다.

"어째서 처음부터 저 〈엠브리오〉를 꺼내지 않았지?"

처음 5천 마리를 상대할 때도 저 전함을 꺼냈다면 한순간이었을 것이다.

그런데 일부러 '네 몬스터를 전부 파괴하겠다'고 선언하며 프랭클린을 도발했고, 자신의 힘을 과시하는 듯이 몬스터 상대로 무쌍을 펼치면서 시간을 들여 싸웠다.

그리고 몬스터 5만 마리가 움직이기 직전, 아슬아슬한 시간에서야 전함으로 공격을 개시했다.

그것은 비합리적이었다.

그것이야말로——.

"따로 뭔가 노리는 게 있다……!"

의문을 입에 담은 순간, 프랭클린의 시야 구석에 '은빛 그림자'가 스쳐 지나갔다.

그것이 무엇인지 확인하기도 전에 발굽이 착지하는 소리가 들렸고, '은빛 그림자'는 프랭클린의 뒤…… 판데모니움의 머리에 내려섰다.

"…………."

프랭클린은 기척이 뒤에 나타났다고 해서 꼴사납게 돌아보지 않았다.

프랭클린에게는 부하 몬스터에게 대미지를 대신 입게 하는 《라이프 링크》가 있다는 점도 크게 작용했다.

[DGF]나 [KOS]가 격파되어서 전개하고 있던 부하 몬스터가 사라지긴 했지만, 그럼에도 불구하고 아직 판데모니움이 남아 있다.

프랭클린은 거대한 몬스터이기도 한 이 판데모니움이 있기에 [파괴왕]이라면 모를까 뒤에 내려선 사람의 공격을 맞더라도 쉽사리 죽지 않을 것이라고 짐작했다.

그렇기에 프랭클린은 여유를 유지하며 천천히 돌아보았다.

"여, 너는 정말 앞으로 자주 나서는 구나…… 레이 군."

"아직…… 해야 할 일이 남았거든."

거기에 서 있었던 것은 프랭클린이 예상했던 사람―― 레이 스탈링이었다.

　　□■〈잔드 초원〉

　〈잔드 초원〉에서 벌어진 전투는 종결을 맞이하려 하고 있었다.

　55000여 마리나 되는 프랭클린의 몬스터 군단은 [파괴왕]의 손에 의해 이미 절반이 쓰러졌고, 남아 있던 절반도 태세를 갖춘 〈마스터〉들과 아직 건재한 [파괴왕]에게 서서히 토벌당하고 있었다.

　또한 프랭클린이 양산하지 않고 공들여 만든 몬스터도 [RSK]는 레이 스탈링에게, [DGF]와 [KOS]는 [파괴왕]에게 쓰러졌다.

　그리고 이 〈잔드 초원〉뿐만이 아니라 기데온 시가지에서도 전투의 끝을 맞이하기 시작하고 있었다.

　몬스터와 배신파는 거의 대부분 구축되었고, 프랭클린을 제외하면 황국 쪽 〈마스터〉 중에서 가장 큰 전력이었던 [주악왕]은 데스 페널티를 받은 상태였다.

　이미 대세는 기울었고, 프랭클린이 이끄는 황국 쪽의 패배가 확정되었다.

　보통의 경우라면 황국 쪽 생존자가 철수하며 전투가 종료되겠지만, 아직 싸움은 끝나지 않았다.

　왜냐하면 황국 쪽 전력이 '수어사이드' 시리즈이기 때문이다.

　죽을 때까지 진군하여 계속 죽이라는 명령이 세포에 각인된 생물병기.

그렇기에 그 괴물들을 전부 토벌하기 위해 왕국 쪽 〈마스터〉들이 싸웠고, [파괴왕]의 〈엠브리오〉 발드르는 포화를 계속 날려대고 있었다.

왕국의 〈마스터〉들로부터 약간 떨어진 곳에 있던 '수어사이드' 시리즈는 지금 이 순간에도 발드르의 포화로 인해 지형과 함께 통째로 폭쇄당하고 있었다.

그런 모습을 한 〈마스터〉가 바라보고 있었다.

"대단하네요, 레이 씨 형님의 〈엠브리오〉."

한 〈마스터〉── 루크는 발드르의 포격을 바라보며 불꽃놀이를 구경하는 관객처럼 전장을 보고 있었다.

루크뿐만이 아니라 이 전장에 있던 하급 〈마스터〉 거의 대부분이 그런 상태였다.

상급 〈마스터〉 다수가 결계에서 벗어나 이 전장에 도착한 시점에서 그들 루키는 물러나게 된 것이다.

걸리적거리는 사람들을 물러나게 한다……기보다는 상급 직업들이 지금까지 열심히 싸운 루키들은 데스 페널티를 받지 않게끔 하겠다며 배려하는 마음이 더 컸다.

루크도 《유니언 잭》이나 리즈의 원호가 없는 상태에서는 상급의 전투속도를 따라잡을 수 없기 때문에 전선을 이탈하는 것도 어쩔 수 없다고 생각했다.

"대화력 포격인가…… 그런데 형님의 〈엠브리오〉라고 하기엔 좀 안 맞는 것 같기도 한데……."

루크는 그렇게 중얼거리면서도 발드르의 차원이 다른 힘과 성능을 실감하고 있었다.

저렇게 강력한 포격을 날리면서도 레이에게는 한 발도 맞추지 않은 정밀성도 놀랍다.

그렇다, 이 전장에 있는 루키 중에서 유일하게 레이만이 아직 싸우고 있다.

이 전장을 내달려 수괴(首魁)인 프랭클린에게 갔다.

루크는 레이와 [파괴왕]── 슈우가 어떤 이야기를 나누는 모습을 보고 있었다.

목소리를 내서 한 대화가 아니라 투기장을 나서기 전에 슈우가 레이에게 건넨 [텔레파시 커프스]를 통한 대화였지만, 루크는 이해할 수 있었다.

레이가 프랭클린이 자리 잡고 있는 판데모니움으로 가겠다고 했고, 슈우가 그것을 돕기로 한 것을.

두 사람은 망설임 없이 자신의 의지로 자신이 해야 할 일을 정하고 있었다.

그 모습이 루크에게는 조금 눈부시게 보였다.

그 여운을 보는 것처럼 루크는 지금도 발드르의 포격을 바라보고 있었다.

"……?"

루크는 문득 어떤 것을 보았다.

그것은 지금도 발드르의 포화가 쏟아져 내리는 폭심지 한가운데.

"저건…………."

폭염과 흙먼지 안에 눈에 익은 실루엣이 있었다.

그 실루엣은 곧바로 흙먼지 너머로 사라졌지만…… 그것이 판데모니움을 향해 달려가고 있다는 것을 루크는 이해할 수 있었다.

무엇을 위해 가고 있는지도 이해할 수 있었다.

루크는 한숨을 쉬었다.

그것이 자신의 실수라는 것을 알고 있었기에.

넋이 나간 그녀를 방치하고 나서 여기로 달려왔기 때문이라는 것을 알고 있었기에.

하지만 그와 동시에 생각했다.

"고민하는 것보다는…… 그러는 편이 더 낫죠."

아주 약간, 잘되었다고.

『레이 스탈링이 판데모니움 상부에 도달하였습니다.』

"그래."

슈우는 자신의 〈엠브리오〉인 발드르에게 보고를 받으며 주먹을 휘둘렀다. 주먹 끝에는 '수어사이드' 시리즈가 있었고, 일격에 머리가 분쇄되어 소멸했다.

전설급 몬스터라 해도 일격에 해치우는 주먹 앞에 버텨낼 수 있는 '수어사이드'가 있을 리 없었다.

그리고 그의 《파괴권한》은 방어 스킬이나 [구명의 브로치] 같은 치명 대미지 무효 스킬조차 거의 대부분 무효화시킨다. '수어사이드' 중에는 그런 내성을 지닌 것들도 어느 정도 있었지만 전부 소용없었다.

그럼에도 불구하고 '수어사이드'는 슈우를 계속 공격해댔다. 겁먹지 않았다.

목숨을 중요시한다는 사고조차 모르는 채 확실한 죽음이 기다리고 있는 슈우에게 달려들었다.

"⋯⋯⋯⋯."

그 모습을 악취미라는 말로 간단히 표현하기는 쉽다. 하지만 슈우는 '수어사이드'의 그런 모습에서 제작자인 프랭클린의 사상을 본 것 같은 느낌이 들었다.

(얻어야 할 것과 버려야 할 것. 쟁취할 것과 그로 인해 소비하게 되는 것. 그것이 저 녀석 머릿속에서는 확실하게 나뉘어져 있는 건가.)

그런 존재방식은 슈우 자신, 그리고 어떤 의미로는 레이와도 조금 비슷했다.

슈우는 레이와 프랭클린이 대치하고 있을 판데모니움을 보았다.

그와 동시에 방금 전에 [텔레파시 커프스]로 들었던 말을 떠올렸다.

──프랭클린에게 물어봐야 할 것, 해야만 하는 일이 있어.

──그러니까 내가 저 녀석이 있는 곳으로 가기 위해서 힘을 빌려줄 수 없을까?

동생이 한 부탁을 떠올리고 슈우가 웃었다.

"너는 네가 해야 한다고 생각한 일을 하면 돼."

판데모니움 위에 서 있는 레이를 보면서.

"어떻게 되든 내가 수습해주마. 그게 형의 역할이라는 거지."

슈우는 그렇게 중얼거렸다.

◇ ◆ ◇

오늘 밤 테러계획의 수괴인 프랭클린은 미소를 짓고 있었다.

이미 형세가 역전되었고, 수적으로 우세했던 개조 몬스터들도 압도적인 파괴와 기데온을 지키려 하는 의지로 인해 구축당하려 하고 있었다.

그럼에도 불구하고 프랭클린은 자신의 〈엠브리오〉인 판데모니움 위에서 한 〈마스터〉── 레이 스탈링과 대치하며 웃고 있었다.

"[파괴왕]이 대활약하고 있잖아. 만신창이가 된 너는 뒤에서 자고 있어도 되는 거 아닌가? 레이 구운?"

프랭클린은 레이가 나타난 것을 보고 '역시 [파괴왕]의 움직임 중 절반은 미끼가 되려는 목적이었나'라고 추측했다.

[파괴왕]이 떠들썩하게 움직인 것은 프랭클린의 이목을 끌어 레이가 이곳에 내려설 수 있게끔 도와주기 위해서였다.

실버를 탄 레이가 저 포격에 휘말리지 않고 도착한 것이 그 증거.

덧붙여 말하자면 저 포격으로 인해 〈잔드 초원〉 곳곳에 센서로 배치해둔 몬스터도 박살 난 상태다.

그리고 판데모니움 주변의 영상 중계용 몬스터도 박살 났기에 프랭클린과 레이가 대치하고 있는 모습은 아무도 보지 못하고 있었다.

"그런데 [파괴왕]이라……."

그리고 [파괴왕]이 레이를 도우려는 이유가 될 수 있는 정보도 프랭클린의 수중에 있었다.

그것은 이름.

《예지의 해석안》을 지니고 있기에 [파괴왕]의 스테이터스를 읽어낸 프랭클린은 [파괴왕]의 이름도 볼 수 있었다.

슈우 스탈링이라는 이름.

"하나 질문 하겠는데, 레이 스탈링. 슈우 스탈링이라는 〈마스터〉는 아는 사람인가?"

"형이야."

그 대답을 듣고 프랭클린은 고개를 끄덕이는 것과 동시에…… 쓴웃음을 지었다.

"〈초급〉인 형과 언니, 그리고 메이든을 다루는 남동생, 여동생이라. 비슷하게 들어맞기도 하는군."

"……?"

"그래서? 일부러 형의 도움을 받으면서까지 여기엔 뭐하러 온 거지?"

"용건은 세 가지 있어."

"어머나, 그렇게나 많이? 한 가지는 알겠는데."

프랭클린은 판데모니움 바닥 위의 한 점을 손가락으로 가리켰다.

그곳에는 어린 소녀—— 알터 왕국의 제2왕녀인 엘리자베트가 정신을 잃은 채 쓰러져 있었다.

"저 애를 구하러 온 거지? 저 애를 데리고 있으면 네 형도 판데모니움을 부술 수 없으니까."

판데모니움에게 엘리자베트는 아킬레스건.

그녀가 사라지면 [파괴왕]은 사정없이 판데모니움을 향해 직접 포탄을 때려 박을 것이다.

그 사실을 알고 있기에 프랭클린도 레이가 엘리자베트를 구출하지 못하게끔 조심하고 있다.

"그래서, 두 번째는?"

"너한테 묻고 싶은 게 있어."

"묻고 싶은 거라."

그 말은 프랭클린이 이미 예상하고 있던 범위 안에 들어 있었다.

그저 구출만 하러 왔다면 실버를 탄 채 순식간에 낚아채 가기만 하면 된다.

그리고 프랭클린을 쓰러뜨리는 것이 목적이라면 기습을 하면 된다.

하지만 일부러 실버에서 내린 다음 느긋하게 이야기를 나누고 있는 이상, 그 이야기에 목적이 있다고 생각하는 것이 자연스러웠다.

"뭘 묻고 싶지? 추천 사냥터? 내가 파악하고 있는 ⟨UBM⟩의 생식지? 아니면 우리나라의 내정 같은 거?"

프랭클린은 그렇게 말하면서도 전부 아닐 거라고 생각했지만.

"너…… 왜 이런 짓을 한 거야?"

그 질문도 프랭클린이 상상했던 것이 아니었다.

"왜냐니…… 기억 안 나? 내 목적."

"네 목적은 왕국 쪽 ⟨마스터⟩들이 꼴사납게 지고 기데온이 유린당하는 모습을 보여줌으로써 왕국 사람들의 전의를 꺾는 거잖아."

"뭐야, 기억하고 있네."

"내가 묻고 싶은 건 그런 게 아니야."

"그럼 뭐지?"

비웃는 듯한 시선과 가벼운 말투로 나온 프랭클린의 질문.

그 말을 듣고…… 레이는 그 눈을 똑바로 바라보며 되물었다.

"……너, 티안 사람들을 뭐라고 생각하지?"

그 질문을 듣고 프랭클린은 깜짝 놀란 다음 납득했다는 듯이 손뼉을 쳤다.

"아. 이런 거지? 이 ⟨Infinite Dendrogram⟩이 세계인가 놀이인가 하는 거지?"

되물은 프랭클린을 보며 레이가 고개를 끄덕였다.

"그렇구나, 그렇구나…… 아하하하하하하하하하!"

크게 웃었다.

프랭클린은 턱이 빠진 것처럼 크게 웃고, 숨이 찰 정도로 웃고 나서.

"――여기를 **단순한 게임**이라고 생각하는 녀석은 바보든가, 설명을 진지하게 받아들이는 어린애겠지."

웃음이 싹 가신 표정으로 그렇게 말했다.

"게임? 게임일 리가 없지. 리얼리티, 모델링, 그리고 생명. 시스템 쪽 이외의 모든 면이 게임의 영역을 초월했어. 확실히 말하자면, 대놓고 **이것은 게임입니다**라고 하는 시스템이 없었다면 게임 같지 않았을 거야."

"…………"

"이게 '무엇'인지는 나도 몰라. 내 예상으로는 국가…… 아니, 세계 규모의 가상세계 구축계획의 인체실험단계가 아닐까 하는데. ……현재 최첨단 기술을 지나치게 뛰어넘었으니 그럴 가능성도 낮으려나. 혹시나 누군가가 말했던 것처럼 '진짜' 이세계이거나 우주인이 개입한 결과일지도 모르지."

"……그럼 이 세계에 살고 있는 사람들은 뭐라고 생각하는데."

"인간과 구별할 수 없을 정도로 고도의 정신을 지닌 AI. 또는 진짜 이세계인. 아니면 그에 준하는 '생명'. 적어도 단순한 비트의 점멸은 아니겠지."

프랭클린은 그렇게 말하고 나서.

"그러니 말해둘게. 나는 만약 여기가 지구라 해도 같은 상황, 같은 조건, 같은 능력이 있다면…… 이번 계획을 실행했을 거야. 수천 명이 죽는다 해도."

그렇게 딱 잘라 말했다.

"네가 묻고 싶었던 건 이런 거 아니야? 레이 군. 메이든의 〈마스터〉인 너는 내가 왜 이렇게 지독한 계획을 세울 수 있었는지 신기한 거지?"

"어떻게 그런 짓을 할 수 있는 거야……!"

프랭클린의 대답을 듣고 레이가 마음속에서 쥐어짜 낸 듯한 목소리로 물었다.

그것은 이 세계의 생명을 진짜 생명이라고 인식한 자가 일으키려 한 비극에 대해 진심으로 물은 말.

그 말에는 연기나 감정에 취한 단어가 들어 있지 않았다.

그저 레이 자신의 마음에서 솔직하게 우러나온 물음이었다.

"…………."

그것을 아주 약간 눈부시게 보고.

그것이 자신과 같지만 완전히 다른 것이라고 인정하고.

프랭클린도 레이에게 진심으로 대답하기로 했다.

"이제 지고 싶지 않으니까.

휘둘리는 쪽이 되고 싶지 않으니까.

자유롭게 살고, 자유롭게 만들고, 자유롭게 세계를 즐기고 싶으니까.

아무도 나를 얽맬 수 없어.

내가 살아가는 방식을 가로막는 자는 어떤 것이든 유린하기로 결심했으니까."

프랭클린은 그렇게 딱 잘라 말한 뒤 입을 다물었다.

그 말을 통해 레이의 질문에 전부 다 대답한 것이다.

프랭클린이 한 말은 애매해서 프랭클린을 제외하면 그 누구도 이해하지 못할 수도 있다.

하지만 프랭클린에게는 방금 한 말에 모든 것이 담겨 있었다.

"……그래."

레이도 그 사실을 이해했고, 그리고 또 하나를 이해했다.

지지 않기 위해 온갖 비극을 마다하지 않는 프랭클린이기에 반드시 지게 만들어야만 한다는 것을.

프랭클린은 그 삶의 방식을 관철하기 위해서라면 온갖 비극을 일으킬 수도 있으니까.

"자, 두 번째 용건은 끝났지. 그래서 세 번째는?"

입가가 원래대로 돌아온 프랭클린이 레이에게 물었다.

"……그건, 윽!"

그 질문에 레이가 대답하기도 전에—— 판데모니움이 흔들렸다.

판데모니움이 움직인 것이 아니었다.

'포격'을 당한 충격으로 인해 판데모니움이 흔들린 것이다.

"[파괴왕]의 공격? 이쪽에는 아직 공주님이 있는데? 참을성이 바닥난 건가?"

프랭클린의 입에서 의아해하는 목소리가 새어 나왔다.

왜냐하면 프랭클린의 시선 끝…… 방금 전까지 왕녀가 쓰러져 있던 곳에 왕녀가 없었기 때문이었다.

레이는 아무것도 하지 않았다.

프랭클린 자신이 조심하고 있었기에 레이가 아니라는 것은 확신하고 있다. 레이 말고 다른 사람이 기척을 지운 채 엘리자베트를 구출해냈고, 그녀를 데리고 탈출한 것이다.

그런 짓을 할 수 있는 사람…… 프랭클린은 짐작 가는 바가 있었다.

"〈초급 킬러〉…… 그렇군, **너도** 미끼였던 거야."

프랭클린이 레이의 동작과 이야기에 집중하고 있는 동안 〈초급 킬러〉가 왕녀를 구출한다.

처음부터 그렇게 짜고 있었던 것인지, 아니면 레이의 움직임에 〈초급 킬러〉가 편승한 것인지는 프랭클린도 판단할 수 없었다.

어느 쪽이든 의미는 없다.

판데모니움은 포격으로부터 몸을 지킬 방패를 잃었다.

발드르에서 날린 수많은 포화가 사정없이 판데모니움에 꽂혔고, 일그러진 공장 같은 거대한 몸이 무너져 내리기 시작했다.

"……강렬하군."

프랭클린은 거세게 흔들리는 판데모니움 위에 설치되어 있던 난간에 몸을 기대며 겨우 서 있었다.

레이가 있기 때문에 포격이 판데모니움 위로 날아들지는 않았지만, 그럼에도 불구하고 프랭클린은 이제 곧 판데모니움이 가라앉을 것이라는 사실을 이해하고 있었다.

간이 스테이터스로 확인할 수 있는 HP도 남아 있는 건 1할 정도에 불과했다.

"…………."

자신이 쓰러지게 될 거라는 것도, 판데모니움이 파괴되리라는 것도, 예상한 계획 범위 안에 들어 있다.

프랭클린이 쓰러진다 해도 플랜 D는 발동된다.

그럴 예정이었는데…….

"이미 대처했군……."

프랭클린은 한숨을 쉬었다.

손 근처에 있던 장치를 보니 [NDW]의 생명반응이 이미 소멸된 상태였다.

그럼에도 불구하고 기데온에는 변화가 없었다.

다시 말해 비장의 수이자 최종 플랜의 핵심인 스페이드가 자폭하기 전에 상대방이 대처했고, 계획이 수포로 돌아갔다는 것이다.

"그런 예감이 들긴 했는데."

프랭클린을 쓰러뜨리기 위해 나타난 것이 예상하고 있던 〈초급〉 두 사람이 아닌 제3의 전력, [파괴왕]이었다는 사실.

그로 인해 중앙 대투기장에 있던 〈초급〉 두 사람이 남게 되었기에 이 결과는 예상하고 있었다.

지하 깊숙이 잠항하고 있던 스페이드는 보통의 경우 대처하는 것이 불가능하겠지만, 〈초급 격돌〉에서 보여준 신우의 필살 스킬이라면 문제없이 대처할 수 있다.

오늘, 〈초급 격돌〉이 개최되기 전에 신우의 능력을 알고 있었다면 다른 수를 쓸 수도 있었겠지만, 이제야 '만약' 같은 이야기를 해봤자 이미 늦었다.

특전 아이템까지 쓰면서 공들여 만들었기 때문에 두 마리 이상 만들 수 없는 몬스터를 [DGF]에 이어 한 마리 더 쓸데없이 잃게 된 형태다.

그리고 플랜 D가 박살 남으로써 프랭클린에게는 승산도, 지지 않을 확률도 사라졌다.

지금 프랭클린이 쓰러지면 프랭클린의 완전패배로 끝난다.

프랭클린이라도 도망칠 수 있다면 결과가 좀 달라질지도 모르겠지만…….

"……이미 늦었나."

거대하긴 하지만 전투력을 거의 지니지 않은 판데모니움은 발드르의 포화로 인해 부서지기 직전.

〈잔드 초원〉에 배치했던《캐슬링》보유 몬스터들도 전멸당했다.

그리고 프랭클린도 이제 곧 데스 페널티를 받게 될 것이다.

왜냐하면── 프랭클린을 향해 달려오는 레이가 보이니까.

올라타는 시간도 아까웠는지, 레이는 실버를 타지 않고 자신의 다리로 달려오고 있었다.

그 움직임에는 이 판데모니움이 포격당하고 있다는 것에 대한 동요가 없었다.

(이 포격도 이미 예상하고 있었나. 그래, 형제니까. 사전에 미리 짜두었던가, 아니면 그렇게 하지 않아도 상대방의 행동을 이해하고 있는 거겠지. ……부럽네.)

사고 속에 약간 감상적인 노이즈가 끼는 가운데, 프랭클린이 한숨을 쉬었다.

"역시 세 번째 용건은 나를 쓰러뜨리는 거였군."

레이와 프랭클린의 거리가 좁아지고 있었지만, 프랭클린은 그것을 막을 수단이 없었다.

가지고 있었던 오더 메이드 몬스터는 전부 다 썼다.

이미 프랭클린을 지키는 자는 없었다.

(어쩔 수 없지. 여기선 지자. 하지만 언젠가…….)

프랭클린은 포기하는 것과 동시에 데스 페널티와 그 다음을 결의했다.

──그때, 한 실루엣이 판데모니움 위로 뛰어 올라왔다.

"윽!"

"어?"

그 모습을, 레이는 경악하면서, 프랭클린은 의아해하면서 바라보았다.

그것은 반쯤 부서진 〈마징기어〉.

온몸의 장갑이 벗겨져나간 기체에 억지로 얼음 장갑을 두르고 있었다.

그것은 유고가 탑승하고 코큐토스로 무장한 기체였다.

『.......................』

〈마징기어〉는 사람이었다면 이미 목숨이 끊겨졌을 정도로 큰 대미지를 입은 상태였다.

그것은 루크 일행과의 전투에서 입은 대미지뿐만이 아니었다.

전투가 끝난 뒤, 그리고 자신의 의지로 《지옥문》을 해제시키고 루크와 〈마스터〉들을 보낸 다음 입은 상처.

[파괴왕]의 발드르가 흩뿌리는 파괴의 폭염 속을 뛰어온 것으로 인해 입은 상처였다.

저번에 고즈메이즈와 전투를 벌였을 때보다 더 심한 대미지를 입은 그것은, 그럼에도 불구하고 움직였다.

『아아아아아아아아아아!!』

〈마징기어〉를 조종하는 유고의 외침.

기사를 연기하는 유고라면 결코 내지 않을 목소리와 함께 〈마징기어〉가 레이의 앞을 가로막았다.

마치 프랭클린을 지키려는 듯이 프랭클린과 레이 사이에 선 것이다.

◇ ◆

유고는 오늘 밤, 이때에 이르기까지 계속 망설여왔다.

계획에 참가해야 하나, 말아야 하나.

자신의 행동이 올바른가, 아닌가.

저번에 함께 싸운 레이를 적대시해도 되는가, 아닌가.

하지만 그런 망설임은 루크에게 패배한 다음 그의 말을 듣고 프랭클린이 플랜 C를 발동시킴으로써…… 더 큰 망설임에 묻히기 시작했다.

그 망설임 속에서 유고는 《지옥문》의 [동결]을 풀어서 얼음 조각으로 변했던 〈마스터〉들을 해방시켰다.

이대로 두면 안 될 거라고 생각했을 때, 순간적으로 풀어버린 것이다.

하지만 그 행동조차 올바른지 아닌지 알 수가 없었다.

그 행동은 눈앞의 비극을 막을 수 있긴 하지만, 유고가 따르는 프랭클린에게는 틀림없는 마이너스로 작용할 것이기 때문이다.

하지만 애초에 프랭클린이 거짓말을 했고, 기데온을 멸망시키려고 한다는 생각이 떠오르자 다시 망설이게 되었고…….

다른 〈마스터〉들과 함께 〈잔드 초원〉으로 향한 루크에게 방치되었고, 이윽고 [매료]의 지속시간도 지났지만 계속 망설이다가…….

유고는 생각하는 것을…… 망설이는 것을 그만두었다.

생각하고, 계속 망설이는 한 자신은 한 발자국도 움직일 수 없다는 것을 깨달았기에.

그렇게 온갖 망설임과 자문자답을 버렸을 때…… 하나의 해답만이 남았다.

자신이 어떻게 하고 싶은지, 그 최후의 해답.

마지막으로 남은 해답은 처음부터 유고……, 유고를 아바타로 삼고 있는 유리의 마음속에 있었던…… 단 하나의 해답.

그것은…….

◇ ◆

『──**언니**는…… 내가 지킬 거야!!』

유고의 말과 함께 〈마징기어〉가 움직이기 시작했다.

『여기서, 너를, 쓰러뜨려서!!』

코큐토스의 힘을 이용해 산산조각 날 것 같은 프레임을 억지로 이어붙이면서…… 얼음 기병이 돌격했다.

어제의 벗이자 오늘의 적인 레이를 향해, 오직 하나만 생각하며.

"──와라, 유고."

레이는 자신과 맞선 유고의 의지를 받아들였다.

레이는 유고와 프랭클린의 관계를 알지 못한다.

그럼에도 불구하고 친구로서, 그리고 맞선 자로서 정면으로 받아들인다.

그렇게 [성기사]와 [고위조종사], 메이든의 〈마스터〉인 두 사람이 격돌했다.

　서문에서 벌인 전투에 이어 두 번째, 그리고 최후의 교차.

　그것은 시간만 따지면 정말 얼마 되지 않는 시간이었다.

　『《모터…… 슬래시》!!』

　〈마징기어〉가 오른팔을 들어 올린 뒤, 얼음 십자검을 스킬의 발동과 함께 휘둘렀다.

　『윽…… 큭!』

　하지만 그 순간에 오른팔을 뒤덮고 있던 얼음 장갑이 벗겨져 나갔고, 오른팔 파츠가 떨어져 나갔다.

　휘두른 오른팔이 뜯어져 나가 엉뚱한 방향으로 날아갔다.

　그 오른팔은 서문에서 교차했을 때 《복수는 나의 것》으로 카운터를 맞은 팔.

　'용마인'의 《트라이 혼 그랜대셔》를 맞은 팔.

　강한 공격을 수없이 맞은 그 팔은 내구도의 한계를 맞이했고, 지금 스킬의 발동을 견뎌내지 못하고 스스로 부서진 것이다.

　『아직!! 《모터 슬래시》!!』

　오른쪽 팔로 날린 공격이 불발로 끝나자 곧바로 왼팔로 《모터 슬래시》.

　반대쪽 수평 방향으로 휘두른 얼음 칼날이 레이의 몸을 가르기 위해 날아들었다.

　"이대로 가다간 〈마징기어〉의 장갑을 뚫을 수 없어. 그렇다면……!!"

　그러자 레이는 오른팔에 휘감고 있던 무기를—— 까만 대검인 네메시스를 오른팔에서 떼어내어 공중으로 던졌다.

그리고 몸을 굽혀 얼음 십자검의 예리한 칼날을 피하면서——
일부러 자신의 오른팔만 칼날의 궤도로 **내밀었다.**

"윽……!!"
얼음 칼날로 인해 절단된 오른팔.
큰 대미지가, 출혈이 레이를 덮쳤다.
하지만 그 칼날의 예리함 때문에 절단의 충격이 몸으로 흘러
가지는 않았다.
"……빠르게!"
그대로 굽힌 몸을 솟구치며 〈마징기어〉의 품속으로 파고들었다.
그와 동시에 하늘로 던졌던 까만 대검 형태의 네메시스가 다
시 레이 곁으로 돌아왔다.
하지만 오른팔은 절단되었고, 왼팔이 탄화된 레이는 네메시스
를 쥘 수 없었다.
——아니.
"……!!"
『뭐?!』
레이는 까만 대검 자루를—— **자신의 이빨로 물어서** 받아냈다.
"……!!"
『알겠다!!』
레이는 말이 없었다.

하지만 네메시스는 그 의지에 부응했다.

레이는 까만 대검 자루를 문 채 고개를 돌려서 까만 대검의 칼날을 〈마징기어〉의 콕핏을 뒤덮고 있는 얼음 장갑에 찔러 넣었다.

꿰뚫지는 못했다.

하지만 상관없었다.

『——《복수는…… 나의 것(벤전스 이즈 마인)》!!』

네메시스가 스킬을 발동시키는 목소리가 울려 퍼졌다.

그 직후, 카운터 스킬 《복수는 나의 것》이 발동되어 얼음 장갑에 두 배로 늘어난 대미지가 날아들었다.

그 순간, 얼음 장갑이 소멸되었고.

가로막고 있던 것이 사라진 까만 칼날이—— 유고의 심장에 꽂혔다.

『아——.』

유고는 그 한 마디를 남기고 빛의 먼지가 되어 사라졌다.

그와 동시에 유고의 〈엠브리오〉인 코큐토스가 사라져버려 잔해로 변한 〈마징기어〉가 지금까지 입은 대미지로 인해 부서졌다.

"으아아!!"

유고와의 결판.

하지만 레이의 다리는 멈추지 않았다.

네메시스를 입에서 떨어뜨리고 그저 목표만을 향해 달렸다.

그 앞에 있는 것은 프랭클린.

도망치지도 않고…… 아니, 유고가 사라진 순간부터 도망친다는 것을 잊어버린 듯이 서 있던 프랭클린이었다.

"프랭, 클린……!"

오른팔을 잃고, 네메시스를 떨어뜨렸는데도 불구하고 레이는 프랭클린을 향해 달려갔다.

지금 레이는 그러기 위해 이곳으로 왔으니까.

그것이야말로 레이가 여기에 온 목적이니까.

왕녀를 구출하기 위한 것만이 아니다.

프랭클린에게 질문하고 대답을 듣기 위한 것만도 아니다.

그리고 프랭클린을 쓰러뜨리는 것 그 자체가 목적인 것도 아니다.

예전부터 결심한 것을 위해서.

──'어린애가 이런 꼴이 되게 만든 녀석은 한 방 두들겨 패준다'고.

──나는, 너를, 두들겨 팰 거야. 목 씻고 기다려라, 〈초급〉.

단 한 방, 프랭클린을 두들겨 패주기 위해서.

"프랭클리이이이이이이인!!"

레이는 지금까지 있었던 모든 것들을 청산하겠다는 강한 의지를 담아 탄화된 왼팔로 프랭클린의 오른쪽 볼을 갈겼다.

"커억?!"

격돌의 충격으로 인해 탄화되어 약해져 있던 왼팔이 무너져 내렸다.

하지만 주먹이 프랭클린의 얼굴에 닿은 순간, 주먹에서──[장염수갑]에서 불꽃이 뿜어져 나와 프랭클린의 온몸을 휘감았다.

프랭클린은 단숨에 인간 횃불로 변했다.

프랭클린에게는 이미 [구명의 브로치]도 없었고, 《라이프 링크》를 걸 상대도 없었다.

연옥의 불꽃은 눈 깜짝할 새에 스스로 하급 이하라고 말했던 프랭클린의 생명(HP)을 깎아내었고── 연기처럼 흩어버렸다.

"……윽."

〈Infinite Dendrogram〉(이 세계)의 규칙에 따라 소멸되기 직전.

프랭클린은 단 한 마디.

"……다음에는, **우리들**이 이길 거야."

그 말을 남기고…… 빛의 먼지가 되었다.

왕국에게는 악몽과도 같은 오늘 밤의 계획을 꾸미고, 실행하여 수많은 비극과 황국의 승리를 만들어내려 했던 한 〈초급〉은…… 지금 여기서 한 루키의 손에 의해 빛의 먼지가 되었다.

그것이 이 사건의 결말이다.

혹시나, 이 결말은 정해져 있었는지도 모른다.

한 〈초급〉(프랭클린)이 한 아이(밀리안느)를 이용하려 했을 때.
한 루키(레이)가 한 아이(밀리안느)를 구하겠다고 결심했을 때.
정해져 있었는지도 모른다.

프랭클린이 소멸되고 나서 20분 뒤. '수어사이드' 시리즈 중 마지막 한 마리가 격파되어 기데온에서 벌어진 전투는 끝을 맞이했다.

프랭클린 휘하의 배신파── 사망(데스 페널티) 또는 패주.
'수어사이드' 시리즈── 완전 섬멸.
'클럽' [주악왕] 벨도르벨── 사망.
'스페이드' [NDW]── 사망.
'하트' [고위조종사] 유고 레셉스── 사망.
'다이아' [대교수] Mr. 프랭클린── 사망.

결투도시 대규모 테러계획『프랭클린의 게임』── 종결.

□■[기자] / [절영] 마리 애들러

프랭클린이 일으킨 골치 아픈 소동이 끝나고 몇 시간이 지나, 이제 아침이 되려 하고 있습니다.

어젯밤에 소동이 일어났을 때, 저는 [주악왕]과 교전하고, 골치 아픈 장치들을 파괴 및 회수하고, '수어사이즈' 시리즈로부터 도시를 지키는 등 여러 가지 일들을 했습니다.

나중에는 〈노즈 삼림〉에서 있었던 일을 재현하려는 듯이 [파괴왕]의 포화를 뚫고 판데모니움에서 에리를 구해냈고, 구해낸 다음에는 기절한 에리를 근위기사단의 생존자들에게 맡기느라…… 힘들었죠.

저는 그제도 내내 뛰어다녔는데요.

초급 직업의 스테이터스로도 힘든 건 힘든데요.

하지만 저만 힘들었던 것이 아니라 레이나 루크 군도 힘든 싸움을 벌였던 모양입니다.

특히 레이는 두 팔이 사라져버렸죠.

덤으로 프랭클린이 데스 페널티를 받자 판데모니움도 사라져버렸기에 발판이 없어져서 떨어져버렸습니다.

그때는 네메시스와 실버라는 황옥마가 받아내서 무사하긴 했지만요.

그리고 오른팔은 네메시스가 주워두었기 때문에 그곳에 있었 던 〈마스터〉의 상급 회복마법 스킬로 붙였습니다.

원래대로 움직이게 되려면 이쪽 시간으로 며칠은 걸리긴 하겠 지만 괜찮습니다.

문제는 왼팔. [탄화]되었던 팔이 무너져서 흔적도 남지 않게 되었기에 어떻게 해볼 수가 없습니다.

부위의 완전 결손은 상급 회복마법으로는 대처할 수 없습니다.

상급 중에서도 〈엠브리오〉의 필살 스킬이라면…… 그런 생각 도 들긴 합니다만 다른 사람을 회복시키는 필살 스킬을 지니고 있는 상급은 아마 왕국에 없을 겁니다. 제가 알기로는요.

이 왕국에서 저 상처를 낫게 할 수 있는 사람은…… 단 한 명 밖에 없습니다.

사제 계통 초급 직업이자 〈초급〉이기도 한 그녀—— [여교황] 후소 츠쿠요라면 눈 깜짝할 새에 치료해버리겠죠.

하지만 그건 정말 추천할 수 없습니다.

그 사람은 종교단체의 우두머리입니다.

확실히 말해 빚을 지게 되는 것이 너무 무섭습니다.

최악의 경우, 〈Infinite Dendrogram〉 안에서 끝나지 않을 가능 성도 있습니다.

저는 여러 가지 사정을 감안해서 '솔직히 데스 페널티를 받는 게 더 빠를 텐데요?'라고 말하긴 했습니다.

한 번 데스 페널티를 받아버리면 다시 돌아왔을 때 완치되니 까요.

하지만 레이는 그렇게 할 생각이 없는지 '오른팔은 쓸 수 있고, 마음만 먹으면 입으로도 할 수 있다는 걸 알았으니 잠시 동안은 이대로도 괜찮다'고 와일드한 대답을 했습니다.

입으로 어쩌고저쩌고라는 말을 들은 네메시스는 '그것도 키스로 쳐야 하는 겐가······'라고 말하며 왠지 모르겠지만 먼 산을 바라보았습니다.

아마 대검 모드에서 자루를 물더라도 키스는 아닐 것 같습니다.

레이는 그렇게 말한 뒤 쓰러지는 듯이 로그아웃해버렸습니다.

몸으로 느낀 피로와 정신적인 피로가 한계를 돌파한 모양입니다.

그럴 만도 하죠.

마찬가지로 지쳤는지 루크 군도 리즈에게 부피 보충용 미스릴을 먹인 다음 바로 로그아웃했습니다.

그런 관계로 저만 로그인한 채 아침을 맞이한 것입니다.

저도 매우 졸리지만, [기자]와 원래 직업······ 만화가, 양쪽 다 최고의 취재 타이밍이었기에 로그아웃할 수 없었던 거죠.

테러사건이 해결된 뒤의 현장은 좀처럼 마주칠 기회가 없을 테니까요.

자, 친한 사람들 말고 다른 것들도 대충 정리해두죠.

프랭클린의 '수어사이드' 시리즈가 섬멸되고 나서 한 시간 정도 뒤, 기데온 백작이 사태가 종식되었다는 선언을 했습니다.

에리의 구출과 프랭클린 일당의 괴멸. 이로 인해 사건은 해결되었다고 선언한 것입니다.

실제로는 도망친 PK가 좀 있을 것 같긴 하지만요. 뭐, 지금 무슨 짓을 저지를 바보는 없겠죠.

……저지르면 [파괴왕]과 [초투사]에게 데스 페널티를 받게 될 테니까요.

참고로 기데온 백작이 [파괴왕]이나 레이를 필두로 하여 이번 사건을 해결하는데 도움을 준 〈마스터〉들에게 어떤 형태로 보상을 줄 모양입니다.

부서진 도시를 복구하는데 상당한 예산이 날아갈 텐데, 배포가 크죠.

부자인 건지, 사람이 좋은 건지.

그러고 보니 저와 [주악왕]이 벌인 전투 때문에 부서진 구역은 고치는데 얼마나 들까요.

그 주변이 가장 피해가 크지 않을까…… 생각하지 말기로 하죠.

다행히 그렇게 만든 것이 누구인지는 모르는 모양이니까요.

그리고 종식선언이 있은 뒤 사람들의 움직임은 둘로 나뉘었습니다.

기사와 위병, 관청 사람들은 피해를 파악하고 사후대응을 하느라 정신이 없고요.

일반인과 〈마스터〉들은 축제 분위기입니다.

뭐, 그렇겠죠. 축제를 벌이고 있는 와중에 프랭클린이 힘껏 찬물을 끼얹었고, 공포에 사로잡혀 있었으니까요.

주범이 쓰러져서 사건이 해결되었고 대승리를 거두었으니 그 반동으로 떠들고 싶어지기도 하겠죠.

〈마스터〉들은 그렇다 치고, 민중들도 재빠르게 마음을 다지는 걸 보니 역시 결투도시의 주민이라는 걸까요.

그래도 역시 날이 밝기 시작할 무렵부터 기데온을 떠나는 마차나 용차가 꽤 많이 있네요. 그럴 만도 합니다.

황국에서 가장 멀고, 가장 전력을 잘 갖추고 있다는 이 기데온에서 그런 소동이 벌어졌으니까요.

무서워져서 재산과 함께 다른 나라로 탈출하는 상인이 속출하더라도 어쩔 수 없겠죠.

이렇게 되면 상인들이 망명한 나라…… 카르디나는 이번 소동으로 인해 돈을 좀 벌 것 같네요. 어부지리라고 해야 할까요.

……응?

그러고 보니 이 전쟁이 시작되고 나서 카르디나는 꽤 이익을 봤네요.

재산이 많은 망명자를 받아들이거나, 드라이프와 교역하지 않게 되었기 때문에 카르디나를 상대로 한 교역이 증가하기도 했고.

특히 식료품의 수출을 보면 드라이프 쪽 분량은 카르디나가 사들이고 있습니다. 뭐, 그 대신 상대방의 교역품도 꽤 많이 사게 된 모양이지만요.

특히 전쟁에서 쓰게 될 가능성이 높은 황하산 매직 아이템이나, 천지산 무기가 카르티나를 경유해서 꽤 많이 들어가고 있습니다.

뭐, 그곳은 상인의 나라니까요. 이럴 때일수록 벌어들일 기회인 건지도 모르죠.

자, 카르디나 이야기는 이쯤 해두겠습니다.

이번 사건, 그 결과에 대해 돌아보도록 하죠.

프랭클린의 목적은 왕국의 〈마스터〉들이 무력하다는 것을 알려 왕국의 전의를 깎아내고 전쟁이 다시 시작되기 전에 외교로 왕국을 병합하려는 것이었겠죠.

하지만 루키들이나 투기장의 결계에 갇히지 않았던 〈마스터〉들의 저항으로 인해 플랜 B까지 실패하게 됩니다.

이때 가장 크게 작용했던 건 프랭클린이 중계했던 레이와 개조 몬스터의 전투죠.

그 중계는 오히려 역효과였습니다.

일방적으로 가지고 놀면서 마음을 꺾을 생각이었겠지만, 레이가 기적적인 승리를 거둠으로써 오히려 민중들의 사기가 높아졌습니다.

참고로 〈마스터〉……라고 해야 하나, 현실 쪽 게시판이나 동영상 사이트에서도 그 전투는 나름대로 화제가 되고 있습니다.

〈Infinite Dendrogram〉 관련 뉴스에서는 세 번째 정도로 뜨거운 화제죠.

첫 번째 화제는 역시 [파괴왕]이 나서서 프랭클린과 싸운 것, 두 번째는 피가로와 신우의 〈초급 격돌〉입니다.

이번 사건으로 인해 레이에게도 별명이 몇 개 붙을 것 같고, 이쪽과 현실 쪽 게시판에서도 여러 가지 별명이 나오고 있습니다.

지금도 중앙 대투기장 앞 광장에서는 그런 행사가 진행되고 있습니다.

네, 평소에는 투기장에 데뷔한 사람에게 붙여주곤 하는데요. 이번에는 레이나 루크 군의 이름도 나오고 있습니다.

그리고 '정체불명'이 아니게 된 [파괴왕]의 별명 같은 것도 모집하고 있습니다.

지금 레이의 별명으로 나오고 있는 것은 [성기사]인데 장비가 [성기사] 같지 않아서 나온 '암흑의 성기사'라든가, 실버를 타고 있었기에 나온 '은마 탄 왕자님'이라든가, '누가 생각한 거야?'라고 말하고 싶어지는 '흑자홍련을 두르고 빛과 어둠이 합쳐진 용사'라든가, 이렇게 나이에 따라 반응이 두 가지로 완전히 나뉠 것 같은 별명입니다.

본인이 알면 끙끙대겠지만요.

하지만 그중에는 심플하면서도 괜찮은 것도 있고, 저는 그쪽이 더 마음에 듭니다.

자, 이야기를 프랭클린의 계획의 결과 쪽으로 되돌리겠습니다.

플랜 B까지는 완전히 박살 났습니다.

하지만 플랜 B까지 박살 난 뒤에 '저항했더니 더 지독한 일이 벌어졌다', 프랭클린은 그렇게 생각하게 만들기 위해 플랜 C를 발동시키는 것을 처음부터 예상하고 있었을 겁니다.

저를 포함한 소수의 〈마스터〉들이 시간을 벌긴 했습니다만 그대로 가다가는 틀림없이 피해가 확대되었을 겁니다.

하지만 [파괴왕]의 참전이 모든 것을 뒤엎었습니다.

기데온을 유린할 예정이었던 몬스터 수만 마리는 그대로 [파괴왕]의 힘을 어필하기 위한 샌드백으로 변했습니다.

프랭클린이 예상했던 것과는 정반대였겠죠.

왕국의 〈마스터〉들은 무력하다고 믿게끔 만들려 했는데, 차원이 다르게 강하다는 것을 나타내게 되어버렸으니까요.

적어도 이제 싸우지 않고 왕국이 패배하게 된다는 노선은 사라졌습니다.

그렇게 말하면 마치 왕국에게 좋은 것 같기도 합니다만 결코 그렇지는 않습니다.

이번 전쟁은 왕국의 〈마스터〉들의 힘과 함께 다른 하나의 사실을 왕국 전토에, 그리고 〈Infinite Dendrogram〉 전체에 나타내 버렸기 때문입니다.

그것은 〈초급〉이 지니고 있는 전력이 다른 자들과는 차원이 다르다는 사실.

〈초급〉의 힘이라면 단독으로 도시 하나…… 아니, 나라를 멸망시킬 수도 있다는 사실.

5만 마리가 넘는 몬스터를 만들어낸 프랭클린.

그것들을 섬멸한 [파괴왕].

확실히 말해 양쪽 다 〈초급〉이라는 단계에 있기에 승부라는 형태가 성립한 것이지, 〈초급〉이 아니었다면 그저 유린당하는 것을 기다릴 수밖에 없었겠죠.

그야말로 〈초급〉이 아닌 자가 〈초급〉에게 맞서는 것은 거의 불가능한 것입니다.

물론 예외는 있습니다.

예를 들면 제 아바타, 마리 애들러입니다.

마리에게 〈초급 킬러〉라는 별명이 붙은 것은 그 이름대로 예전에 〈초급〉을 쓰러뜨려 '감옥'으로 보냈기 때문입니다.

하지만 그 승리는 여러 가지 요인이 겹쳐진 결과입니다.

상대방의 능력. 제 능력. 그리고 여러 가지 조건과 작전.

여러 가지 요인이 겹쳐졌기에 저는 〈초급〉── [역병왕(킹 오브 플래이그)] 캔디 카네이지를 죽일 수 있었습니다.

광역제압형이자 광역섬멸형.

티안 최다 살상자.

'국가 근절자(리전 로스트)'.

……저도 그런 상대를 용케도 이겼네요.

이야기를 되돌리겠습니다.

저번 전쟁 때는 〈초급〉끼리 전투를 벌이지 않았고, 왕국이 일방적으로 졌습니다.

하지만 이번에는 저쪽과 마찬가지로 〈초급〉인 [파괴왕]이 있었기에 이길 수 있었습니다.

다시 말해 예전부터 사람들이 이야기했던 〈초급〉의 유무가 전쟁의 형세까지 결정한다는 말이 증명되어버린 것입니다.

그렇게 되면 문제가 되는 것이 다음 전쟁에 참가하는 〈초급〉의 숫자입니다.

황국은 물론 저번 전쟁 때 활약했던 세 사람.

이번 사건을 일으킨 '최약최악' [대교수] Mr. 프랭클린.

'모순수식' [마장군(헬 제네럴)] 로건 고드하르트.

그리고 '물리최강' [수왕(킹 오브 비스트)].

특별한 변화가 없다면 이 세 사람뿐이겠지만, 황국은 첫 번째 전쟁 이벤트에서 승리한 나라입니다.

공로자에게는 큰 포상도 주기 때문에…… 다른 〈초급〉이 이적했을 가능성도 큽니다.

그에 비해 왕국 쪽에서 전쟁에 참가할 〈초급〉은…… 많이 잡아도 두 명밖에 없습니다.

로그인 자체가 부정기적인 '주지육림' 레이레이.

그리고 이번에 나섰기에 전쟁에도 참가하는 것을 기대할 수 있는 [파괴왕].

이 두 사람뿐입니다.

당일에 레이레이가 로그인하지 않는다면 한 사람이겠네요.

물론 그밖에도 〈초급〉은 있습니다.

결투도시의 상징이자 다른 나라의 〈초급〉인 신우에게 승리한 [초투사] 피가로.

왕국 최대 클랜의 오너이자 집단전 최흉이라고도 불리는 스킬

《월면제산결계》를 행사하는 [여교황] 후소 츠쿠요.

이 두 사람이 참전하면 매우 큰 전력이 되겠죠.

하지만 피가로는 항상 솔로 전문이라는 것을 내세우고 있기에 여러 사람들이 뒤얽히게 되는 전투인 전쟁에는 참가하지 않습니다.

후소 츠쿠요도 저번 전쟁 때 '왕국의 국교를 우리들의 가르침으로 변경할 것'이라는 말도 안 되는 요구를 내세우며 참전을 거절했습니다.

전자는 최강의 좌우명, 후자는 무리한 요구를 내세우는 카구야 공주.

이 두 사람이 참가하기는 힘들겠죠.

특히 후소 츠쿠요는 황국이 조건을 받아들이면 배신할 우려도 있습니다.

그리고 〈초급〉 이외의 전력도 〈마스터〉, 티안 양쪽 모두 상대방이 더 많다고 들었습니다.

싸우지 않고 지는 상황은 되지 않았지만, 이대로 가다가는 싸워도 지게 됩니다.

그런 것들을 〈초급〉 여러분들은 어떻게 생각하고 있을까요?

□결투도시 기데온 12번가 [파괴왕] 슈우 스탈링

『오늘 밤은 지쳤다곰~. 이 피로는 알콜로 때운다곰~.』

"고생했어. 여기는 내가 낼 테니까 마음껏 마셔. 신우도."

"그래. 뭐, 나는 미성년자니까 주스지만 말이다."

나를 포함한 세 명의 〈초급〉이 마주 앉아 술과 음료수를 마시고 있다.

여기는 12번가에 있는 기데온에서도 톱클래스인 고급 클럽 별실.

이 가게는 미리 피가 공이 예약해두었다.

하지만 원래는 〈초급 격돌〉이 끝난 뒤에 올 예정이었기에 예약한 시간보다 꽤 늦어버렸다.

그래도 가게 쪽에서 호의를 베풀어주어서 사건이 해결된 뒤에 별실을 빌릴 수 있었던 모양이다.

이 상황에서 가게를 연 것 자체가 대단한 프로 정신이라 해야 하나.

『솔직히 다행이다곰~. 오늘 밤 같은 때 우리들이 바깥에 있으면 사람들이 너무 많이 모인다곰~.』

뭐, 내가 날뛰었을 때와 지금의 모습이 달라서 찾지 못하는 것도 있겠지만.

그 북유럽풍 광전사 같은 모습은 움직이기에 편하긴 하지만 역시 인형옷이 더 마음이 편하다.

"그래, 나도 그런 생각이 들어서 예약했어. 로그아웃을 해도 되겠지만 멋진 시합을 벌인 다음에는 이렇게 몸을 좀 식히고 싶으니까."

"그러냐. 그런데 이 가게 주스는 맛있구나."

신우는 주스를 다 마시고 추가로 주문했다.

아, 저런 모습은 나이에 맞는 것 같네.

키가 내 두 배는 되지만.

『부적 너머로 살짝살짝 보이는 얼굴이나 《변성》 부적 때문에 그렇지 않을까 싶긴 했는데, 역시 어린애였구나.』

"올해로 열 살. 두 자리니까 이미 레이디인 것 같은데."

『그래?』

저 길다고 해도 너무 긴 팔다리는 멀리 가고 싶다는 소원 말고도 크고 싶다는 소원이 현실로 나타난 건가?

〈엠브리오〉를 관리하는 험프티라면 자세히 진단할 수 있을 것 같은데…… 그 녀석은 나를 문제로 유인하거나 내 문제를 바라보기만 하니까.

"신우는 이제 어떻게 할 거야?"

"황자를 호위하는 일이 남아 있으니까. 한동안은 왕도에 머무른다. 왕국의 던전에라도 가볼까."

나라에 따라 드랍되는 아이템도 다르니 그것도 괜찮겠지.

……아이템이라고 하니 생각났는데, 이번에 발드르가 쓴 탄의 소재…… 보충해두어야겠지.

대충 견적을 내도…… 33억 릴은 든 것 같다.

"아, 그런데 혼자서는 던전을 탐색하기도 좀 그렇지. 신조 던전 깊숙이 들어가면 힘드려나."

피가 공이 아니라면 효율이 안 좋겠지, 솔로 탐색.

그리고 〈엠브리오〉가 말을 하지 않는 타입이라면 혼자서 계속 파고드는 것도 힘들 테고.

"같이 갈 생각 없나?"

"나는 솔로 전문이라서."

『나도 한동안은 기데온에서 떠날 생각이 없다곰.』

"쌀쌀맞군."

……이 도시에 남아 있는 **폭탄**을 방치해둔 채로 떠날 수는 없으니까.

"아, 그래도 혹시 생각이 있으면 결투 랭커를 몇 명 소개할게. 그 사람들하고도 붙어보고 싶을 테니까."

『그렇다면 내가 알고 있는 토벌 랭커를 소개해줄까곰? 아, 그런데 어디 있는지 모르겠다곰.』

지금 뭐하고 있으려나, 캐서린 콩고.

"그래, 소개해주면 좋지. 아니…… 어라? 피가로가 왕국의 결투 1위고 곰이 토벌 1위지?"

"응."

『그렇다곰.』

아, 이야기가 이렇게 흘러가면…….

"그럼 클랜 1위는."

『그 녀석은 포기해(그녀는 안 돼).』

피가 공과 말이 스테레오로 겹쳤다.

"……위험한 녀석이냐?"

신우가 묻자 나와 피가 공이 함께 고개를 끄덕였다.

그 사이비 컬트 암여우는…… 이미 알고 지내게 되었다면 모를까, 아직 만나지 않았다면 만나지 않는 편이 낫다.

"대충 알겠다. 클랜 1위는 어떤 나라든 위험한 녀석밖에 없는 모양이군."

『아니아니, 그렇지는 않지……곰?』

왕국의 암여우, 아웃.

황국의 망할 백의, 아웃.

그란바로아의 밀덕, 아웃.

레전더리아의 로리쇼타 변태가면, 레드카드.

천지는 잘 모르겠지만 황하는 신우가 한 말을 들어보니 글러먹은 모양이다.

이봐, 진짜 정상인 녀석이 없는데. 클랜 1위.

카르디나…… 〈세피로트〉의 오너 정도밖에 없지 않나?

그 녀석도 사자 무리와 함께 사는 토끼처럼 무시무시한 구석이 있는데.

아, 그래, 카르디나라고 하니 생각났네.

『다른 이야기긴 한데. ……투기장 쪽에서는 누가 움직였어?』

내 그 질문만으로는 불확실할 수도 있었지만, 이 두 사람에게는 그것만으로도 충분했다.

"지하에 있던 녀석은 움직이기 전에 코어를 박살 내서 끝냈지. 자폭 몬스터였다."

"'물리최강'은 움직이지 않았어. 하지만 카르디나의 '마법최강'은 움직였던 모양이야."

모양이라고?

『불확실한 이유가 뭐야?』

"……내가 처치한 몬스터는 꿈쩍도 하지 않았으니까. 끝내고 나서 스킬로 그 주위의 흙을 채취해봤는데…… 이거다."

신우가 그렇게 말하고 테이블에 내려놓은 것은 작은 돌 정도 크기의…… 작은 돌처럼 보이는 무언가.

나는 그것을 들고 1할 정도의 힘을 주어 쥐었지만…… 부서지지 않았다.

『흐읍.』

부서지지 않는 작은 돌에 3할 정도—— STR 6만 정도의 힘을 주자 그제야 부서졌다.

『……그 녀석이 다중강화시킨 구속마법으로 인해 굳은 흙인가. 주위가 이렇게 굳으면 움직일 수가 없겠지.』

몸에 달라붙은 관이나 마찬가지다.

나도 한 번 당했었으니까…….

"나는 머리가 별로 좋은 편이 아니라 모르겠는데, 결국 그 두 사람은 뭐하러 온 거지?"

"나하고 네 시합을 보러 왔겠지. ……하지만 '물리최강'은 드라이프 쪽 사람일 텐데 그 백의와 협력하지 않은 이유를 모르겠다."

『…………』

관객석에 우리들 말고 다른 〈초급〉이 와 있다는 것은 피가로와 신우의 시합이 시작되기 전에 알고 있었다. 피가로에게도 전해두었다.

그것 자체는 전혀 신기하지 않았다.

〈초급〉이 다른 〈초급〉의 능력을 알아보려 하는 것은 흔히 있는 일이다.

〈초급〉이 뭔가 하려고 하면, 경쟁상대가 되는 것은 우선 다른 〈초급〉이다.

〈UBM〉 토벌, 특수 이벤트 클리어, 또는 전쟁. 경쟁할 기회는 얼마든지 있기에 다른 〈초급〉의 힘이나 비장의 수를 알아두는 건 결코 헛수고가 아니다.

〈초급〉들끼리 벌이는 전투 같은 이벤트가 있다면 정찰하러 오는 것은 자연스러운 일이다. 오히려 드라이프나 카르디나와 마찬가지로 이웃나라인데도 불구하고 레전더리아가 오지 않은 이유가 더 궁금하다고도 할 수 있다.

정찰하러 온 두 사람── 피가로와 신우도 그것은 잘 알고 있기에 그 시합에서도 진짜 비장의 수는 쓰지 않았을 것이다.

이번에 쓰지 않았던 피가로의 필살 스킬은 나도 모르고, 신우는 필살 스킬을 쓰긴 했지만…… 아직 뭔가 감추고 있겠지.

뭐, 그건 제쳐두고.

『추측이지만 '물리최강'── [수왕]은 프랭클린의 계획과는 상관없이 다른 목적으로 왔고, 오히려 '마법최강'── [지신]이 프랭클린의 테러를 알고 있었기에 오지 않았을까.』

"……반대 아니냐?"

뭐, 그런 생각이 들긴 하겠지.

『서방 삼국에서도 최강이라는 평가를 받는 [수왕]이 이번에 프랭클린과 협력관계에 있었다면 테러계획 자체가 [수왕]을 중심으로 한 형태를 취하고 있었을 거야.』

그런데 그렇게 자신이 마련한 전력만으로 책략을 세운 걸 보니 프랭클린도 [수왕]을 써먹을 수 없었겠지.

『반대로 [지신]은 프랭클린의 계획을 일부 방해했으니 처음부터 그럴 생각으로 왔다고 생각할 수도 있겠지. 뭐, 이건 [지신] 자신이 아니라 카르디나라는 나라의 입장을 고려해보면 그렇다는 거야. 그곳은 드라이프가 왕국을 병합하면 곤란하거든. 주변 나라들이 제각각 나뉘어 있는 게 더 편하니까.』

해양국가인 그란바로아까지 포함하여 다섯 개의 나라에 둘러싸여 있는 카르디나의 입장에서는 두 나라가 하나의 큰 나라로 합쳐지는 것은 문제가 된다. 막기 위해서 손을 쓸 것이다.

뭐, 최종적으로 어부지리 같은 것도 노리고 있겠지만. 그 나라에는 약해진 나라를 공격하는 건 아무렇지도 않아할 것 같은 무서운 느낌이 있다.

게다가 이 기데온에 온 것이 [지신] 녀석이라는 점을 볼 때 카르디나 쪽의 진심이 보인다.

이번에 내가 나서지 않았다면 [지신] 녀석이 뭔가 저질렀을 가능성도 있다.

그랬을 경우에는 최소한 〈잔드 초원〉이 〈잔드 사막〉이나 〈잔드 황야〉, 〈잔드 늪지〉로 개명되었겠지.

……뭐, 나도 발드르에게 힘껏 날뛰게 해서 이미 초원은 아니

게 되었지만.

"그런데 '물리최강'에 '마법최강'이라고. 나는 직접 붙어본 적이 없는데, 그렇게 대단하냐?"

"분명 슈우가 [지신]하고 싸운 적이 있었지?"

"그래, 그 소문은 들은 적 있다. 어느 쪽이 이겼냐?"

그게 전쟁이 일어나기 전이니 이쪽 시간으로 1년 정도 전이었던가······.

『······무승부?』

"이봐, 왜 고개를 갸웃거리는 거냐."

『아니, 무승부. 노 콘테스트. 무효시합. 중간에 방해가 들어와서 종료되었다곰~.』

"······그런 대결인데 어떻게 방해할 수 있는 거냐?"

······그때는 '슬슬 결판을 내볼까'라고 생각했을 때 험프티와 환경담당 관리 AI가 잔소리를 했으니까.

뭐, 그때는 싸움의 여파로 신조 던전을 하나 박살 낸 우리들이 잘못했지.

그런데 [지신]이라.

『여기까지 왔으면 인사 정도는 할 것이지.』

□■결투도시 기데온 동부 〈크루엘라 산악지대〉

〈크루엘라 산악지대〉.

알터 왕국과 사막의 대국 카르디나의 국경지대 중 한 곳이며, 결투도시 기데온과 카르디나의 도시를 잇는 교역로 중 한 곳이기도 하다.

아침 해가 떠오르기 직전에 어둑어둑한 시간, 그 산길에는 용차 여러 대가 있었다.

그것들은 전부 다 카르디나의 상인의 용차였다. 카르디나는 사막지대이기 때문에 기온이 낮고 해가 뜨지 않은 시간에 이동하여 거리를 벌어둔다.

그런 카르디나의 용차 중 한 대에 한 남자가 앉아 있었다.

그 남자는 같은 용차에 타고 있던 상인들과 비슷한 차림을 하고 있었다. 차이가 있다면…… 그의 왼쪽 손등에 〈마스터〉라는 것을 나타내는 문양이 있다는 것 정도일 것이다.

그는 닭고기 훈제를 끼워 넣은 샌드위치를 먹으며 새벽의 산을 바라보고 있었다.

"맛있네요."

그가 먹고 있는 훈제는 어젯밤에 〈초급 격돌〉을 관전할 때 옆자리에 앉았던 남자에게 받은 것이었다.

테러가 종결되고 나서 축제 분위기가 퍼졌을 때, 그의 가게에서 파는 거라며 훈제를 여러 개 가져다주었다.

그는 그 훈제 중 남은 것을 빵에 끼워서 야식이라 하기도 애매하고 아침밥이라 하기도 애매한 시간에 먹으며 용차를 타고 카르디나로 가고 있었다.

"스모크 치킨 샌드위치, 다음에 오너에게 만들어달라고 할까요."

자신이 소속되어 있는 클랜의 오너를 떠올리고 문득 깨달은 듯이 자신의 아이템 박스를 뒤적였다.

"음, 선물은…… 있네요. 마니골도 몫 말고는 다 있어요. 그에게 쓸 돈은 한 푼도 없지만…… 그에게는 이번 전투 영상만으로도 충분하겠죠."

고개를 끄덕이고 나서.

"《마법 발동 가속》 '노 타임', 《마법 다중 발동》 '28' ……아니, '143', 《마법 발동 은폐》, 《마법 사정거리 연장》 '8000메텔' ──《보텀리스 피트》."

마치 여행자의 버릇인 혼잣말처럼, 어떤 말을 중얼거렸다.

◆

〈크루엘라 산악지대〉의 산속에서 길을 나아가는 카르디나 상인의 용차를 산 중턱에서 바라보고 있던 집단이 있었다.

그들은 전부 다 왼쪽 손등에 문장을 지닌 〈마스터〉 집단이었고…… 〈고블린 스트리트〉라는 PK 클랜 멤버였다.

"오너, 카르디나의 상단인 것 같은데요, 어떻게 할까요?"

"…………."

〈고블린 스트리트〉의 오너인 [강탈왕] 엘드릿지는 눈을 감고 생각했다.

그들 멤버 중 .대부분은 현재 카르디나에서 왕국으로 들어가 PK나 티안을 상대로 한 산적질을 하고 있다.

봉쇄사건에서 티안을 상대로 한 범죄는 왕국 안에서 저지른 것이기에 카르디나에서는 지명수배를 당하지 않았다.

하지만 카르디나의 상단을 습격하고 난 뒤, 만약 생존자가 있게 되면 카르디나에서도 지명수배를 당하게 될 것이다.

하지만 그와 동시에 이런 생각도 들었다.

(슬슬 왕국에서 완전히 이동할 시기일지도 모르지.)

여기로 오기 전에는 왕도 주변에서 활동하고 있던 와중에 '주지육림' 레이레이에게 부재중이었던 엘드릿지를 제외한 모두가 전멸했다.

여기에 오고 나서도 '응룡' 신우로 인해 이번에는 엘드릿지까지 전멸했다.

신우에게 진 사건으로 인해 엘드릿지에 대한 신뢰도 희미해졌기에 멤버들도 왕도 주변에서 전멸했을 때에 비해 절반으로 줄어들었다.

아무래도 잘 풀리지 않는다.

그렇다면 이왕 이렇게 되었으니 대담하게 장소를 옮겨보면 어떨까 하고 생각한 것이다.

"저 용차를 습격한다."

"괜찮을까요?"

"그래, 이번에 습격한 다음에는 그란바로아로…… 바다로 나간다. 이번에는 산적이 아니라 해적이야."

엘드릿지는 그렇게 말하고 클랜 멤버들을 보며 웃었다.

"가자! 카르디나와도 인연을 끊는 거다! 이번에 잔뜩 벌어서 망명하자고!"

엘드릿지의 말을 듣고 아직 그를 따르고 있던 클랜 멤버들이 마음을 다잡으며 대답했다.

"네."

"좋았어!"

"나, 이번 습격이 성공하면 해적이 될 거야."

그들이 그렇게 말한 직후.

──함정이 그들 발치에 뻥 뚫렸다.

"윽?!"

곧바로 몸을 날릴 수 있었던 엘드릿지를 제외한 모든 멤버들은 그 함정에 떨어졌고⋯⋯ 흙속에 매장, 압살당해 데스 페널티를 받게 되었다.

"무슨 일이 벌어진 거지?!"

대답할 사람이 없는 산속이었지만, 엘드릿지는 그렇게 외칠 수밖에 없었다.

◆

"한 명 피했다고."

용차를 타고 있던 남자는 그렇게 중얼거리고 나서.

"그럼 다음은 **조금** 큼직하게──《어스 이터》."

◆

엘드릿지는 산속을 뛰어가고 있었다.

무슨 일이 벌어지고 있다.

또 정체를 알 수 없는 무언가가 자신들을 공격하고 있다.

그 사실을 알고 있긴 했지만 적의 모습도, 공격의 징후도 읽어낼 수 없었다.

신우와 제대로 벌이지도 못했던 전투보다 더, 아예 아무것도 알 수 없었다.

그럼에도 불구하고 엘드릿지는 지니고 있던 스테이터스와 감을 이용해 도망치기 시작했다.

그런데 갑자기 이상한 위화감이 들었다.

"멀어?"

하늘이 멀다.

방금 전보다도 하늘이 높게 보였다.

그리고 다른 산도 방금 전보다 더 높게 보였다.

엘드릿지는 아직 산을 내려가지 않았기에 의아해하다가…….

──엘드릿지에게 보이는 사방의 풍경이 모두 흙벽이 되었다.

아니, 정확히 말하자면 그게 아니었다.

"이, 이 산이 통째로 지면 안에 가라앉……?!"

그렇다. 그가 말한 대로 그가 있던 산이…… 그야말로 엘리베이터처럼 지하를 향해 통째로 움직이고 있었다.

엘드릿지는 뭘 어떻게 하면 이런 일이 벌어지는지 생각했고.

"서, 설마 카르디나의 [지——."

——그 직후, 침강한 산은 사방팔방에서 밀어닥친 토사로 인해 **으깨졌고**, 엘드릿지는 어떻게 해볼 수도 없이 데스 페널티를 받게 되었다.

◆

"……아, 레벨이 올랐네. 강한 사람이라도 있었나?"

용차를 타고 있던 남자가 그렇게 중얼거린 직후, 흙냄새가 바람을 타고 다가왔지만 용차를 타고 있던 상인들은 아무도 눈치채지 못했다.

산이 하나 조용히 사라졌다는 것도 눈치채지 못한 채…… 상인들은 계속 잡담을 나누었다.

"진짜, 이 교역로를 다시 안전하게 쓸 수 있게 되어서 다행이야."

"그저께, 이 근처를 거점으로 삼고 있던 산적단이 〈마스터〉분에게 쓰러진 모양이라지. 참 고맙다니까."

그들은 모른다. 이 주변에서 가장 유명했던 〈고즈메이즈 산적단〉이 괴멸되긴 했지만, 아직 많은 산적단이 이 산악지대에서 활개를 치고 있었다는 것을.

그들은 모른다. 많은 교역품과 돈을 가지고 카르디나로 향하던 그들을 습격하려 한 PK 산적단이 있었다는 것을.

그들은 모른다. 그들을 습격하려 한 산적들, 그리고 그 이외에도 근처 산에 거점을 두고 있던 백여 개의 산적단이 전부 한 인간의 손으로 인해 '매장'되었다는 것을.

그들은 모른다.

자신들과 같은 용차에── '마법최강'이라 불리는 남자가 타고 있다는 것을.

(주변 에리어의 위협을 배제한 것을 확인. 앞으로는 반경 2킬로미터 범위로 오토 요격 세트.)

'마법최강'── [지신] 파툼은 마음속으로 그런 말을 기계적으로 되새기며 외적에 대한 자동 요격 결계를 전개했다.

하지만 용차 안에 있던 그 누구도…… 그 사실을 눈치채지 못했다.

호위를 맡은 숙련된 전투 직업 티안도 있었지만 그가 사용하는 《마법 은폐》에 담겨 있는 막대한 MP 때문에 아무도 감지하지 못한 것이다.

(……그건 그렇고 이번 왕국행은 생각했던 것보다 오래 걸렸군.)

파툼은 아무에게도 들키지 않고 일을 마치고 사고를 의식적으로 전투용에서 평상시로 전환시켰다.

(처음에는 왕국 내부에서 〈UBM〉이나 〈유적〉 관련 조사, 지효성 마법의 포석을 두기만 할 예정이었는데, [희왕(킹 오브 토이즈)]의 제안으로 **왕도 봉쇄 테러**를 하게 될 줄이야.)

파툼은 왕국에서 아직 누가 주도했는지조차 밝혀지지 않은 사건을 떠올렸다.

(게다가 황국의 테러 계획의 정보를 알아내서 그것을 방해하기 위해 기데온으로 갔으니까. 정말 출장이 길어져버렸어. ……그녀가 화를 내지 않으면 좋겠는데.)

처음 예정했던 것보다 한 달 가까이 길어져버린 왕국 체재와 카르디나에서 기다릴 **부인**을 생각하자 파툼은 한숨을 쉬었다.

(뭐, 선물은 샀으니 돌아가면 데이트라도 할까. 길어진 만큼 메꿔야지.)

카르디나 최대전력인 '마법최강'은 마치 장기출장에서 돌아가는 샐러리맨 같은 생각을 하고 있었다.

(그건 그렇고 〈초급 격돌〉은 본 것이 아깝지 않을 정도로 멋진 싸움이었지. 프랭클린 덕분에 슈우의 싸움도 오랜만에 볼 수 있었고.)

파툼은 그렇게 생각하다가 깜빡한 것을 떠올렸다.

"아, 그러고 보니 슈우를 만나지 않았네요. ……그래도 어쩔 수 없죠."

어차피 알고 지내던 사람에 대한 인사는 할 수 없었을 거라고 생각하며 포기했다.

왜냐하면…….

"만나면 붙어보고 싶어지니까요. 하지만."

──아무리 그래도 그 도시는 아직 박살 낼 수 없으니까요.

자신과 슈우가 맞붙으면 도시 하나 정도는 간단히 **사라진다**.

그렇게 소리 없이 중얼거린 뒤, 남몰래 왕국에 침입했던 '마법 최강'은 왕국을 떠났다.

왕국에 여러 가지의 포석을 남겨두면서.

■황도 교외 〈예지의 삼각〉 본거지 [고위조종사] 유고 레셉스

드라이프 황국 황도 반델헤임.

이것이 어떤 도시인가 하면…… 두 가지 측면으로 말할 수 있다.

하나는 19세기의 유럽처럼 흑백이고 세세한 부분이 흐릿한 사진으로만 본 듯한 풍경인 도시.

이 〈Infinite Dendrogram〉에서는 최첨단, 2045년의 지구에 살고 있는 우리들에게는 오래되기 짝이 없는 거리. 그것이 이 반델헤임의 한 측면이다.

그리고 반델헤임의 또 하나의 측면은 내 눈앞에 있는 광경이 말해주고 있다.

"끄아악~?! 수륙양용 신형이 물속에 잠긴 채 떠오르지 않아~!!"

"아, MP가 바닥났다. 산소 생성장치나 내압 방어결계까지 마법기관으로 만들었으니 MP가 부족할 만도 하겠지~."

"역시 산소 공급은 기존처럼 화학방식으로 할 수밖에 없고, 내압도 디자인과 소재로 어떻게든 해야 하나. 뭐든 전부 마법으로 해결해버리면 안 되겠지. 로봇이니까."

"느긋하게 말하고 있지 않고 [젤바르 M형]을 끌어올리는 걸 도와줘~!"

『부글부글보글보글…….』

"아. 이거 밀폐도 느슨하지 않나?"

"물이 들어갔네요~. 패킹이나 프레임에 문제가 있나 봅니다."

"그러니까 느긋하다고~?!"

『부글부글, 죽는다~?!』

수심 10미터의 실험용 풀 가장자리에서 허둥대고 있는 [기술사(엔지니어)]인 젤바르 씨. 그 모습을 곁눈질하며 데이터를 뽑고 공작하는데 여념이 없는 [정비사(메카닉)]인 프로슈 씨와 로보마론 씨. 그리고 물속에 빠진 것은 아마도…… [조종사(드라이버)]인 쿠로미키 군.

"실례합니다~, 군부에서 의뢰받은 [마셜Ⅱ]의 오더 메이드 커스텀 조립이 끝난 모양인데요, 도장은 어떻게 하기로 했죠?"

"빨갛게 해달라고 했으니…… 그야 전신을 빨갛게 칠해야지. 그리고 뿔도 달자."

"이쪽 통신기에는 필요 없으니까 뿔 안테나는 쓸모없잖아요. 그렇게 하기보다는 어깨만 빨갛게 하자고요."

"……아니, 소체가 진한 녹색인 [마셜Ⅱ]를 어깨만 빨갛게 만들면 너무 똑같잖아."

"그렇다면 전신이 빨갛고 뿔을 달아도 마찬가지 아닌가요."

"어느 쪽이든 상관없으니 빨리."

""어느 쪽이든 상관없을 리가 있나!!""

"흐앙?!"

보고서를 가져온 사람은 총무과에 근무하는 티안인 루피아 씨. 들어온 요구사항에 대해 자신의 가치관…… 아니, 취미를 적용시키려고 싸우던 사람은 [화가(페인터)]인 MS지오매트 씨와 어설트트리퍼 씨.

"그러고 보니 오너가 뭔가 하러 갔다가 지고 돌아온 모양이던데."

"출처는~?"

"MMO 저널 플랜터."

"그러고 보니 설계를 마무리하고 테스트하느라 정신이 없어서 한동안 확인하지 않았던 것 같은데."

"나도~, 아헤헤헤."

"며칠 째야?"

"5일임다."

"이겼다. 7일."

"……그거, 이긴 거야?"

〈Infinite Dendrogram〉안에서도 현실에서도 날마다 철야를 하고, 그 때문에 광기 서린 미소를 지으며 〈마징기어〉 파츠를 조립하고 있는 [고위기술사]인 브랜턴 씨와 도라라간 씨, 블랙컴퍼니 씨.

제각각 창작활동을 하면서 문제를 일으키고, 가치관끼리 충돌하고, 장시간 동안 노동을 하고 있다.

"음…… 평소대로의 광경이군."

데스 페널티 기간이 지나 로그인한 내 앞에 있던 것은 평소와 다름없는 클랜의 모습.

이곳은 황도 반델헤임의 교외에 20만 평방미터의 면적을 이용해 만들어진 거대한 시설.

황국 최대의 클랜 〈예지의 삼각〉의 본거지(홈)이자 황국 최첨단 기술이 모이는 곳이다.

그렇다, 저…… 기인, 이상한 사람, 그리고 그들에게 휘말린 상식인이 함께 어우러져 로봇을 다루며 놀고 있는 광경이 이 반델헤임의 또 하나의 측면.

이런 광경은 거리 이곳저곳에 존재한다.

하지만 〈예지의 삼각〉은 과거까지 따져봐도 최대의 규모라고 한다.

그렇다, 이곳은 그 사람이 만들어낸 클랜.

각자의 지성을 합쳐 '자유롭게 원하는 것을 창조하는 것'을 위한 클랜.

"…………."

이 도시가 그렇듯이 사람들에게도 여러 가지 측면이 있다.

기데온에서 꾸민 계획이 그 사람의 꿈의 어두운 측면이라고 한다면, 이쪽은 밝은 측면일 것이다.

"자……."

나는 발걸음을 돌려 클랜의 일상 풍경을 등지고 어떤 곳을 향해 가기 시작했다.

그곳은 이 본거지의 중심부.

클랜 오너인 Mr. 프랭클린의…… 언니의 방이다.

◇ ◆

"클랜에서 탈퇴시킬 거야."

방에 들어간 나를 맞이하자마자 언니가 의자에 앉은 채 한 말이 그것이었다.

"……탈퇴, 말인가요."

사실대로 말하자면, 각오는 이미 하고 있었다. 그래서 놀랍지도 않았다.

그 계획 때, 사전에 듣지 못했던…… 숨겨져 있던 플랜 C가 시작되었을 때 나는 언니를 배신했다.

그때, 내가 《지옥문》의 [동결]을 해제하지 않았다면 언니의 계획은 좀 더 언니가 생각했던 대로 진행되었을 테니까.

"참고로 벨도르벨도 우리 클랜을 떠난다는 모양이야. 뭐, 그는 손님 같은 거였으니까. 이렇게 되리라는 것도 예상하고 있었지."

나를 자르겠다고 선고했을 때도, 벨도르벨 씨에 대해서 말했을 때도 언니의 말투는 그대로였다.

아바타인 백의를 걸친 남자 매드 사이언티스트, Mr. 프랭클린 롤플레이를 하던 그대로.

"벨도르벨은 예의바르게도 작별 선물로 신곡을 사운드 트랙 세 개 분량이나 남겨두고 갔어. 그 사람도 나름대로 꼼꼼한 녀석이었으니 아쉽기는 하지만 말이야…… 뭐, 어쩔 수 없지."

"……어쩔 수 없다고요?"

"그래, 그는 원래 '진짜 영웅'이라는 것을 찾아내기 위해 이 클랜에 있었으니까. 하지만 결국 내 계획에 따라 움직였기 때문에 이것저것 놓쳐버린 모양이야. 그리고…… 나 자신에게도 다르게 생각한 바가 있을 테고."

언니는 그렇게 말하고 나서…… 무언가를 떠올리는 듯이 눈을 감았다.

"나는 인망이 없으니까. 전쟁 전에도 AR·I·CA(아리카)…… [격추왕]도 나가버렸고. ……그 애는 카르디나에서 〈초급〉이 되었던가? 나도 참…… 자주 버림받는군."

언니는 쓴웃음을 짓고…… 나를 보았다.

"유."

그 한 마디는 Mr. 프랭클린을 연기하는 말이 아니라.

"어째서 마지막 순간에 나를 구하러 온 거니?"

언니 본인이 한 말이었다.

"나한테 정나미가 떨어졌을 텐데."

"그렇지는……."

"내게 배신당했다고 느꼈잖아?"

내 부정을 가로막으려는 듯이 언니가 말을 이어나갔다.

"그건……"

언니가 '배신당했다고 느꼈나'라고 한 질문에 '그렇지 않다'라고 대답하면 그것은 거짓말이다.

티안에게 피해를 입히지 않겠다고 한 말, 언니도 그 말을 처음부터 어기겠다는 계산까지 하고 있었던 거니까.

"그래서 **마지막으로** 묻고 싶어. 너는 왜 그때 판데모니움으로 나를 구하러 온 거니?"

질문하고 있다.

묻고 있다.

하지만…….

"그런 건, 나도…… 나도…… 몰라…….''

답은 내 마음속에 존재하지 않는다.

생각해도 떠오르지 않는다.

그야, 무언가를 생각하기도 전에…… 그렇게 하고 있었으니까.

"모르겠, 다고…….''

정신을 차리고 보니 눈물이 흘러내리고 있었다.

그것은 뒤늦게 흘러내린 것. '마지막'이라는 말을 듣고 이제 이쪽에서도 언니와 헤어져야만 한다는 것을 실감했기에 흘러내린 눈물.

이제야 알겠다.

거짓말로 속여도, 배신하더라도, 내가 보기에 아무리 심한 짓을 하려 하더라도…….

그래도 나는, 나는…… 언니를 좋아하는구나.

"생각해봐도 답이 나오지 않아서…… 아무런 생각도 하지 않고 움직이다 보니 그렇게 했다는 거려나.''

확실한 답을 내지 못한 채 울고 있던 내게 언니는 그렇게 결론을 내렸다.

언니는 의자에서 일어나 내게 다가왔다.

"그렇다면 다음에는 확실하게 생각해서 결론을 내렴. 마지막까지 자신이 납득할 수 있는 결론을 말이야."

그리고 품속에서 꺼낸 손수건으로 내 눈물을 닦아주며 그렇게 말했다.

"아……."

조심조심, 너무 세지 않게 조심하며 내 눈가를 닦는 손길은…… 예전의 언니와 똑같았다.

"유. 여행을 하면서 견식을 넓히렴. 나는 지구에서 그렇게 했어."

"어……?"

"다행히 이 세계에서의 경험…… 특히 심적인 것은 쓸모없진 않을 거야. 네가 내 곁을 떠나 여행을 떠난다면 얻을 수 있는 것이 분명 많겠지. 그러니까 지금은…… 클랜에도, 나에게도 얽매이지 않고 자유롭게 이 〈Infinite Dendrogram〉의 세계를 보고 들으렴. 그런 다음에…… 돌아오면 받아줄 테니까."

"언니……."

"아, 그리고."

언니는 그렇게 말하고 아이템 박스에서 무언가를 꺼냈다.

그것은 〈마징기어〉가 격납되어 있는 [개러지]였다.

"작별선물하고…… 생일선물이야. 다음 주 화요일이 열다섯 살 생일이었지?"

"기억하고, 있었어……?"

내가 묻자 언니가 쓴웃음을 지었다.

그런 다음.

"바보구나. 내가 네 생일을 잊어버릴 리가 없잖니."

언니는 그렇게 말하고 미소를 지었다.

그 미소는 기데온에서 언니의 표정에 달라붙어 있었던 어떠한 웃음과도 달랐다.

그것은 예전에…… 나와 언니가 함께 살던 때와 마찬가지로 부드러운 미소였다.

"프란체스카 언니……."

닦아냈던 눈물이 다시 내 볼을 적셨다.

아, 이제야 알았다.

그 마인(루크)이 말했던 것처럼, 나는 언니의 나쁜 면을 직시하려 하지 않았다.

그 나쁜 면은 분명히 존재하고 있고, 많은 사람들을 괴롭혔는지도 모른다.

하지만…… 있었던 것이다.

내게 있어서 햇살 같은 언니의 자상함도.

환상 같은 것이 아니라…… 분명히 있었던 것이다.

"언니…… 고마워………… 언젠가, 또 만나."

"그래, 유. 언젠가, 또……."

그렇게 나는 클랜 〈예지의 삼각〉에서 탈퇴했다.

언니의 방을 나서자 그때까지 모습을 드러내지 않았던 큐코가 왼손에서 나타났다.

"표정이 좀, 괜찮아졌네, 유고."

"······응."

"언니하고, 제대로 이야기할 수 있어서, 다행이네."

"큐코······."

보아하니 평소에는 독설인 내 파트너는 나와 언니가 이야기하는 것을 지켜보고 있었던 모양이다.

"큐코, 고마."

"그래도 말이야, 내용물은 제쳐두더라도, 외모는 둘 다 성인 남자잖아? 성인 남성 두 사람이, 여자 같은 말투로 말하고, 눈물을 흘리면서 헤어진다는 말을 하는 광경은, 좀 그렇지."

"··········큐코, 그렇게 말하면 전부 다 엉망진창이 되지 않을까······.

◆ ◆ ◆

■[대교수] Mr. 프랭클린

나는 내 방에서 모니터 너머로 유고를 배웅하고 있었다.

시설을 나서서 여행을 떠나려 하는 유 주위에는 어느새 클랜 멤버들이 잔뜩 모여 있었다.

유가 여행을 떠난다는 사실을 방금 통지했으니 유를 배웅하러 왔을 것이다.

다들 이별을 아쉬워하면서도 유를 격려하고 있었다.

우리 클랜에 있던 기간은 현실 시간으로 한 달 정도지만 멤버들은 유를 마음에 들어하고 있었다.

근본은 지나칠 정도로 착한 아이니까, 여러모로 많이 돌봐준 모양이지.

그러고 보니 저 애는 클랜 멤버 수백 명의 이름을 다 외웠었지.

그런 부분도 사람들의 호의를 사는 요인이려나.

호의라고 생각하면서 보니 여자들이 둘러싼 채 울고 있었다.

저건 분명 클랜 안에 생겼던 유의 팬클럽이겠지.

응, 응, 아니, 저 애 내용물은 여자애인데?

나도 여자이긴 한데, 의외로 들키지 않는 건가?

아니면 남장 가극 팬 같은 심정인 건가?

나는 잘 모르겠네.

『아, 쓸쓸해지겠어.』

『그래. ……실력이 좋은 테스트 파일럿이 줄어버리잖아.』

『[초음속 데스 리볼버 캐터펄트] 테스트도 해줬으면 했는데…….』

잠깐, 나는 그렇게 이름이 멋진 장치 이야기는 처음 듣는데.

『으아앙, 내용물도 미남인 〈마스터〉가 줄어들잖아~.』

『외모만 보면 미남은 그럭저럭 있긴 한데~.』

『미인박명이구나…….』

유는 안 죽었거든?

『귀중한 메이든 보유 파일럿이…….』

『그림이 좋았는데~. 얇은 책 쪽으로도.』

『아, 오너하고 유고 씨의 신간이 나오면 보낼게요.』

2차 창작부·········· 나중에 신작 몬스터에게 먹여버릴까?

『그런데 오너도 출구까지 나와서 배웅해주면 안 되나.』

『아니, 그 사람이니까. 저기 있는 감시 카메라로 이쪽을 훔쳐보고 있을지도 몰라.』

『해킹해서 카메라 네트워크를 박살 낼까요~?』

『······그러면 나중에 복구하는 건 우리거든?』

애초에 자기들 시설 감시망을 박살 내지 않았으면 하네.

훔쳐보고 있다는 건 사실이지만.

그렇게 멤버들의 배웅은 길게 이어졌다.

단 한 달······ 이쪽에서는 세 달만에 유는 이 클랜에 파고든 모양이었다.

"··········."

한 달 전, 유를 클랜에 초대한 것은 나.

아니, 〈Infinite Dendrogram〉에 초대했다고 해야겠지.

신기하게도 최근까지 그 생각을 떠올리지 못했다.

하지만 황국이 왕국과의 전쟁에서 우위를 점하고, 그 뒤에 내가 데스 페널티를 받게 만든 녀석들도 쓰러뜨리고, 〈예지의 삼각〉도 클랜으로서 전성기를 맞이했을 때······ 갑자기 유를 초대하려는 생각이 들었다.

내가 만들어낸 것을 그 애에게 보여주고 싶어서였는지, 아니면 그 애를 초대하겠다는 여유가 내 마음속에 생겨나서였는지는 모르겠다.

하지만 그때, 나는 몇 년만에 유를 만나겠다는 결심을 했다.

그래서 나와 유는 이 〈Infinite Dendrogram〉에서 재회했다.

…………나와 마찬가지로 다른 성별의 아바타로 들어올 줄은 몰랐지만.

그때는 합류하는데 고생했지.

몇 년만에 만난 그 애는 정말 착한 애였다.

왠지 모르겠지만 무대극의 기사님이나 왕자님처럼 느끼한 롤 플레이를 하고 있었긴 해도 근본은 변하지 않았다.

〈엠브리오〉가 메이든이었기에 이 세계의 티안이라 불리는 존 재에 대해서도 신경 쓰고 있다는 것을 알고 있었다. 그것도 그 애의 변함없는 상냥함이다.

그렇다, 그 애는 정말로 상냥하다.

하지만 그 애는 한 가지 착각을 하고 있다.

"아니, 내가 착각하게 만든 거나 마찬가지지만 말이야."

내가 그 애를 클랜에서 탈퇴시키고 여행을 보낸 것은 그 애를 위해서만이 아니다.

그것도 이유 중 하나이긴 하지만…… 이유는 내 쪽에 있다.

그것은 매우 단순한 것.

"그 애가 가까이 있으면── 그보다 심한 짓을 못하니까."

계획은 플랜 C도, 플랜 D도 박살 났다.

그렇다면 다음에 책략을 꾸밀 때…… 그리고 나를 지게 만든 녀석들을 제거할 때는 그보다 더 악랄한 수법을 쓸 필요가 있다.

그때 그 애가 곁에 있으면 내게 제동이 걸려버린다.

생각해보니 이번 계획도 보다 사정없는 수를 쓸 수도 있었을 텐데.

그 애의 존재는 나를 치유해주기도 하지만, 승리만을 놓고 보면 브레이크로 작용한다.

어찌 됐든 이제 그 애는 사라졌다.

내 사랑스러운 여동생이자, 자상한 나를 보여주고 싶은 상대이자, 양심의 브레이크는 떠나갔다.

이제 나는…… **적**에게 이기러 나설 수 있다.

나를 지게 만든 내 **적**에게 수단을 가리지 않고 승리를 거머쥘 수 있다.

"목을 씻고 기다리렴── 레이 스탈링."

내 적에게 마음(증오)을 담아…… 그렇게 말했다.

□결투도시 기데온 1번가 기사단 초소 [성기사] 릴리아나 그 란드리아

종이 울리고 있다.

그 기데온이 멸망할 뻔한 악몽의 밤으로부터 세 번째 아침을 맞이한 기데온에 맑지만 슬픈 종이 울렸다.

그것은 기데온의 모든 교회가 울리는 진혼의 종.

어제부터 내일까지, 사흘 동안 거행되는 합동 장례식을 위한 소리.

그렇다, 이곳…… 1번가의 기사단 초소에서는 그 사건으로 인해 죽은 기사단원과 위병들의 합동 장례식이 치러지고 있다.

죽은 사람은 근위기사단원이 열여덟 명, 기데온 기사단이 열다섯 명, 위병이 스물여덟 명.

모두 합쳐 예순한 명이라는 사망자가 생겼다.

"…………예순한 명, 이라고요."

불행 중 다행인 것은 그날 밤 죽은 사람은 그게 전부였다는 것.

전쟁에서 대패했을 때와 비교하면 희생자는 매우 적다.

무엇보다…… 기사와 위병을 제외한 사망자, 민간인 사망자는…… 기적적으로 한 명도 발생하지 않았다.

그것이 그들, 예순한 명이 희생한 결과라고 할 수는 없지만.

"…………."

관 앞에서 어린 소년이 아버지를 부르며 울고 있다.

주저앉아 흐느껴 울고 있는 여자가 있다.

헌화대 앞에서 노인이 말없이 서 있다.

그들은 전부 다 그날 밤에 죽은 기사와 위병들의 가족일 것이다.

나는 이해할 수 있다.

그날…… 아버지의 이름이 올라간 합동 장례식 때의 나나 밀리아와 똑같으니까.

"…………휴우."

나라를 지키는 임무를 맡은 자로서 기사와 병사들은 모두가 죽음을 각오하고 있다.

하지만 아무도 그날 밤에 죽을 거라고 생각하진 못했을 것이다.

사람은 너무나도 갑자기…… 죽는다.

기데온 기사단이나 위병은 마을을 습격했던 몬스터와…… 〈마스터〉 분들이 '플레이어 킬러'라고 부르는 무법자 〈마스터〉들에게 살해당했다.

그리고 내 부하들은 프랭클린과 벌인 전투에서 죽었다.

준비운동을 하는 것처럼, 그 촉수 괴물에게 죽은 부하가 있었다.

붉은 용왕기와 압도적인 힘을 지닌 폭룡에게 어찌 해보지도 못하고 먹힌 부하가 있었다.

그것들에게 우리들은 모두 다 무력했다.

하지만…… 원수는 레이 씨와 그의 형인 [파괴왕] 슈우 스탈링, 그리고 많은 〈마스터〉들이 갚아주었다.

동료들과 함께 프랭클린으로부터 제2왕녀를 구해주기도 했다.

티안 위병을 죽인 '플레이어 킬러' 중 대부분은 〈마스터〉 분들에게 쓰러져 '감옥'으로 보내졌다.

그들 덕분에…… 분명 죽은 사람들 중 대부분이 보답을 받았을 것이다.

그들 덕분에 그날 밤에 희생된 자들이 개죽음을 하게 되지 않았던 것이다.

"…………."

사건을 일으킨 프랭클린은 〈마스터〉이고, 사건을 막은 그들도 〈마스터〉다.

〈마스터〉이기에…… 같은 〈마스터〉인 프랭클린을 막을 수 있었다.

"그렇지만 〈마스터〉는……, 〈엠브리오〉에게 선택받은 사람은 **특별하지 않아.**"

그들은 우리들과 마찬가지로 인간이다.

그저 죽음을 피하는 방법과 〈엠브리오〉라는 강력한 힘을 지니고 있는 인간일 뿐이다.

그들은 힘을 쉽게 얻을 뿐, 힘 그 자체가 그들인 것은 아니다.

그렇기에 [마장군]이나 프랭클린처럼 다른 자들을 짓밟는 자들이 존재한다.

레이 씨나 [파괴왕]처럼 그런 것들을 박살 내는 자들도 존재한다.

우리들도 티안들끼리는 그렇게 하고 있다.

티안과 〈마스터〉는 힘의 크기가 다를 뿐, 같은 '인간'이다.

하지만 그 힘의 크기 때문에 〈마스터〉의 흉악한 짓을 막기 위해서는 〈마스터〉의 힘이 필요하다.

그렇게 해낸 것이 그날 밤.

해내지 못했던 것이…… 반년 전의 전쟁.

"왕국을 지키려면…… 그들의 힘을 빌려야만 합니다, 알티미어 님."

나는…… 내가 모시는 분, 제1왕녀이자 국왕대리이기도 한 알티미어 A 알터 전하에 대해 생각했다.

하지만 그분은…… 알티미어 전하는 〈마스터〉 분들의 힘을 빌리고 싶다고는 생각하지 않겠지.

그분은…… 〈마스터〉 분들을 같은 '인간'이라고 생각하지 않으니까.

"……하지만."

헌화대를 보면서 한 가지 깨달은 게 있습니다.

헌화대에 꽃을 바치는 사람들의 왼쪽 손등은 제각각.

문장이 없는 사람도, 있는 사람도 모두 죽은 자들을 애도하며 꽃을 바치고 있습니다.

혼자 울고 있는 아이의 머리를 쓰다듬고 어깨를 안아주며 위로하는 사람이 있습니다.

실의에 잠긴 나머지 쓰러질 뻔한 여자를 받쳐주는 사람이 있습니다.

헌화대 앞에 서서 움직이지 않게 된 노인의 손을 잡고 함께 꽃을 바쳐주는 사람이 있습니다.

"역시, 똑같아요…… 알티미어 님."

그러고 보니 그는 어떻게 하고 있을까요.

어제 이 합동 장례식이 마련되자 바로 헌화하러 왔는데……
오늘은 어디에 있을까요.

왼팔이 없어진지 얼마 되지도 않았으니 무리하지 않았으면 좋겠는데요.

밀리아 때도 그렇고, 고즈메이즈 산적단 때도 그렇고, 그 사람은 다른 사람을 위해서라면 바로 무리해버리는 사람이니까요.

"그래도 그런 구석이 그의 장점이겠죠……."

제가 그런 생각에 잠겨 있자니, 린도스 경이 초조한 표정으로 달려왔습니다.

"그란드리아 경! 큰일이오!"

"어머, 왜 그러시나요?"

"실은, 엘리자베트 전하가……."

"아, 오늘은 공무가 없어서 쉬실 예정이었죠."

어제는 합동 장례식에 하루 종일 참석했고, 그 전에도 〈초급 격돌〉을 준비하느라 바빴다. 프랭클린에게 납치된 뒤 시간이 얼마 지나지도 않았다.

그 때문에 오늘은 하루 종일 공무를 쉬어서 요양하고 계실 텐데요.

"엘리자베트 전하가 무슨? 만약 외출하고 싶으시다면 근위기사단 중에 몇 명을 호위로······."

"또 편지를 남기고 백작 저택을 빠져나가셨소!"

"············하으."

린도스 경의 보고를 받고── 나는 눈앞이 깜깜해졌다.

◇ ◇ ◇

□결투도시 기데온 6번가 투기장 [성기사] 레이 스탈링

네메시스가 변화한 까만 대검이나 흑기부창(핼버드)를 쓸 때, 나는 무게를 느끼지 않는다.

보통의 경우 초중량 무기로 분류되는 것을 나는 아무렇지도 않게 휘두를 수 있다.

그 사실에 대해 지금까지도 고맙게 생각하고 있었다.

하지만 그 마음은 왼팔이 없는 지금 더욱 강해졌다.

나는 한 팔로 까만 대검을, 그리고 변형한 흑기부창을 휘둘렀다.

흑기부창을 '휘두를' 때는 왼손이 없으면 떨어뜨릴 수도 있지만, 찌르고, 베고, 후려치는 세 가지 동작이라면 한 손으로도 충분하다.

"왼팔이 없어도 괜찮군."

『으음. 나와 레이라면 팔이 하나 없는 정도로 문제가 생기진 않을 것이야.』

팔이 하나 없는 건 문제긴 하지만 말이야.

하지만 네메시스가 말한 것처럼, 네메시스로 싸운다면 문제는 없었다.

문제가 있다고 한다면…… [갈드랜더]겠지.

왼팔이 없으니 왼쪽 수갑은 장비할 수 없다.

내 주된 공격 중 하나였던 《연옥화염》을 쓸 수 없는 것이다.

프랭클린을 두들겨 팼던 그때, 새로운 [갈드랜더]의 사용방법을 찾아낸 것 같지만…… 그건 잠시 미뤄두게 되려나.

왼팔이 없기에 '문장도 사라져서 네메시스를 수납할 수 없게 되는 것 아닌가'라는 생각이 들었지만, 그쪽은 문제가 없었다.

문장이 팔뚝, 남아 있던 왼팔 부분으로 이동했기 때문이다.

아무래도 이 문장은 팔 하나가 없어진 정도로는 사라지지 않는 모양이었다.

"그런데 한 손으로 들게 되니 실버를 타고 전투를 벌이는 것도 좀 힘들어지겠네."

항상 고삐를 입으로 물고 달릴 수는 없다.

『흐음. 허나 적어도 지금은 그래도 괜찮은 것 같다만.』

"이유는?"

『저 녀석하고 다시 싸울 것 아닌가. 우선 그때와 마찬가지로 나와 레이, 둘이서 도전하고 싶으니 말이야.』

네메시스가 그렇게 말하자.

"어라어라, 의욕이 한가득이네요~."

네메시스가 말한 저 녀석—— 마리가 놀리는 듯이 대답했다.

몸에는 그 숲에서 마주쳤을 때와 마찬가지로 까만 안개를 둘렀고, 오른손으로는 권총형 〈엠브리오〉인 아르캉시엘을 쥐고 있었다.

그렇다, 나와 마리는 지금 여기서 그날 벌였던 전투를 다시 하려고 한다.

그날 밤, 프랭클린의 개조 몬스터 군단과 전투를 벌이던 와중에 약속했던 대로.

지금, 불가시 결계로 나뉜 블록 안에서 우리들과 마리는 마주보고 있었다.

결계 안에는 우리들 말고도 루크와 바비, 형, 피가로 씨, 그리고 어떤 사람 한 명이 관전자로서 들어와 있었다.

여담이지만 마리가 〈초급 킬러〉의 정체였다는 사실을 루크는 이미 알고 있었던 모양이었다.

그뿐만이 아니라 형도 알고 있었다.

뭐, 형—— [파괴왕]은 〈노즈 삼림〉을 전부 태우면서까지 〈초급 킬러〉를 쓰러뜨리려 했으니 어디선가 정체를 깨달은 거겠지.

참고로 그 대참사의 이유는 '내 원수를 갚는 것'이었던 모양이다.

…………도가 지나치기도 하고, 쓸데없는 참견이고, 그 숲은 어떻게 할 거야 등등, 하고 싶은 말은 산더미처럼 쌓여 있긴 하지만 우선 제쳐두기로 했다.

지금은 형보다 더 문제가 되는 사람이 이곳에 있다.

"마리, 힘내거라~."

왠지 모르겠지만 그날 밤에 총출동하여 구해낸 왕녀가 이곳에 있었다.

"……슬슬 왜 여기 있는지 물어봐도 될까요? 왕녀님."

"음? 상관없다만?"

왕녀의 말에 따르면 공주님은 그 판데모니움에서 전투가 벌어지기 직전에 깨어난 모양이었다.

그렇기에 내가 왕녀를 납치한 프랭클린과 맞섰던 것도, 숨어든 마리가 왕녀를 구해냈다는 것도 또렷하게 기억하고 있었다.

그래서 오늘은 그런 것들에 대한 인사를 하기 위해서…… 오늘도 백작 저택을 빠져나와서 나와 마리를 찾고 있었던 모양이었다.

그리고 오늘, 매우 눈에 띄는 차림새인 형(그리고 함께 걷고 있었던 사자 인형옷을 입은 피가로 씨)을 발견하고 '레이의 형인 [파괴왕]을 따라가면 만날 수 있지 않을까?'라고 생각하면서 몰래 따라와 버린 모양이다…….

그리고 오늘 공무는 아무것도 없어서 하루 종일 휴일인 모양이지만, 문제는 그런 게 아니라…….

"……릴리아나아!! 이런 말은 하고 싶지 않지만, 역시 경비가 엉망이잖아!!"

나도 모르게 크게 소리질러버렸다.

"……저도 '또야~?'라는 생각이 들긴 하지만요. 오히려 에리가 너무 능숙하게 탈주하는 게 아닌가 하는 생각도 드네요. 두 번째니까요."

"재능은 있는 것 같아요. 괴도 쪽에 적합할 것 같네요."

루크는 그렇게 말하는데…… 아니, 왕녀가 괴도라니 그게 뭐야.

"뭐, 그건 제쳐두고. 에리가 보고 있으니 이길 거예요~. 어른스럽지 않게! 진심으로!"

"아니, 진심으로 싸워주는 건 바라던 바이긴 한데……."

왠지 생각했던 설욕전과는 다르다.

마리로 인해 처음으로 데스 페널티를 받았을 때는 더 결사적인 분위기에서 다시 싸우게 될 거라고 예상했었다.

하지만 지금, 우리들 사이에 있는 것은…… 동료들의 온화한 분위기.

"……그래도 상관은 없지만."

『그렇지.』

나와 네메시스는 예전에 마리에게 쓰러졌지만, 그래도 지금 우리와 마리는 동료다.

그러면 안 된다는 법도 없지.

"뭐, 그건 그렇다 해도 다시 붙긴 하겠지만."

"후후, 멋진 기백이네요. 그래도, 이길 수 있을 것 같은가요?"

이길 수 있을 것 같냐고.

"……그래, 아직 레벨도 그렇고 스테이터스도 마리가 훨씬 높지."

레벨은 단위가 다르고, 스테이터스도 AGI라면 수십 배 차이가 날 것이다.

"기술도 비교할 수 없을 테고."

나보다 훨씬 오랫동안 〈Infinite Dendrogram〉 안에서 싸워왔다.

경험치가 완전히 다르다.

"게다가 나는 왼팔을 잃어서 전력이 반감되었지. 승산은 거의 없어."

완전한 상태로도 힘든데, 이래서는 승산 같은 것은 없는 거나 마찬가지다.

"——하지만, 이길 수 없다…… 그런 말은 안 해."

아무리 힘든 상황이라 해도 처음부터 포기한 채 도전하지는 않는다.

"자기가 원하는 가능성이 있다면, 그것을 붙잡는 걸 포기하진 않아."

그것은 예전에 형에게 배운 것.

"그것이 가능성을 붙잡는 방법이라는 거지."

내가 그렇게 말하자 형이 웃으며 내게 엄지손가락을 들어 올렸다.

"그러니까 오늘도 이기러 나설 거야."

"그래야겠죠, '언브레이커블(불굴)' 레이."

"언, 브레?"

그게 뭐야?

"어라, 아직 모르시네. 레이 씨의 별명이에요~."

"별명?"

"네. '그 [파괴왕]의 동생', '〈초급〉도 꺾지 못한 남자'라고요."

"그거 참……."

꽤나 쑥스러운 이름이 붙었네.

"참고로 그밖에도 '암흑의 성기사'하고 '은마 탄 왕자님', '흑자 홍련을 두르고 빛과 어둠이 합쳐진 용사'가 있는데요. 뭘로 하시겠어요?"

"'언브레이커블'로 할래."

그 선택지는 선택의 여지가 없잖아…….

『'왕자님'도 괜찮지 않은가.』

"……싫어."

……그런데, '언브레이커블'이라고.

꽤 마음에 들었어.

"OK예요. 그럼…… 갑니다, '언브레이커블'!"

"그래, 승부다! 〈초급 킬러〉!"

그렇게 말을 나누고 우리들과 마리는 각자 전투 자세를 취했다.

그리고 마리는 아르캉시엘의 방아쇠를 당겼다.

거기에서는 그날과 마찬가지로 무수한 탄막.

그날의 공격의 재현.

자, 퀘스트를 시작하자.

공략대상은 최강의 PK, 〈초급 킬러〉.

행선지는 그날과 마찬가지로 탄막 너머.

목표는…… 승리!

"퀘스트."

『스타트!』

To be Next Episode

고양이 "독자 여러분, 매번 찾아뵙는 고양이, 체셔입니다~."

우 "우, 신우다."

곰 『그리고 나야말로…… 곰, [파괴왕] 슈우 스탈링이다곰!』

고양이 "(독자 분들 중에서도 감이 좋은 분들은 1권 시점부터) 알고 있었어."

곰 『1권부터 질질 끌어온 건데 찬물 끼얹지 말라곰!』

고양이 "어찌 됐든 이렇게 프랭클린 편은 종료."

고양이 "작품으로서는 제1부가 완료되었습니다~."

곰 『멋진 마지막 회였다곰.』

고양이 "제1부가 끝나긴 했지만 작품은 안 끝났는데?! 재수 없게?!"

우 "……그런데 마지막 장면 같은 걸 보면 만화의 마지막 회 같긴 하지."

우 "이대로 작품이 끝나게 되더라도 나름대로 깔끔하게 끝났다고 해야 하나……."

고양이 "그만해~?! 끝나지 않으니까~! 계속 이어지니까~!"

곰 『그런데 농담은 제쳐두고, 중기가 있는 걸 보니 이 뒤에도 뭔가 있냐곰?』

고양이 "네. 이 뒤부터는 프랭클린 편 이후의 일상을 그린 단편과 중편을 보내드립니다~."

곰·우 『………….』

고양이 "두 분 다 뭔가 하고 싶으신 말이 있나 보네요."

곰 『저 마지막 장면 다음에 일상 이야기를 내보내다니, 그렇게 생각했을 뿐이다곰.』

우 "……저 장면에서 이번 권을 끝내는 게 개운하게 다 읽었다는 느낌이 들지 않나?"

고양이 "입 다물어요."

고양이 "참고로 중편은 신규 집필한 작품입니다."

곰 『……페이지가 남았나곰?』

고양이 "……본편에 내용을 좀 더 추가하려고 했는데."

고양이 "추가할 수 있었던 파트가 [지신]과 광탈 윔 정도밖에 없었습니다."

우 "광탈이라고 하지 마라. 그 녀석을 쓰러뜨릴 때 폭탄을 처리하느라 꽤 신경을 썼거든?"

곰 『추가할 거라면 내 활약을 늘리지 그랬냐곰.』

고양이 "그렇게 나와놓고 분량이 적으시다?! 그렇다면 나도 나왔으면 좋겠네!"

고양이 "4권도, 5권도, 이 뒤에 나오는 이야기에도 내 분량은 없거든?! 분량 플리즈!"

우 (전부터 생각한 건데, 왜 체셔는 저렇게 분량에 대해 민감한 거냐……?)

곰 『뭐, 분량이 없는 고양이는 제쳐두고, 이 뒤로 이어지는 이야기도 즐겨줬으면 한다곰.』

고양이 "분량 플리즈!!"

□[성기사] 레이 스탈링

어떤 백의가 사건을 일으키고 난 뒤, 덴드로 시간으로 약 열흘.
나와 루크, 마리 파티는 지금까지도 기데온에 머무르고 있
었다.

그동안 뭘 했느냐 하면, 길드 퀘스트와 투기장에서 벌인 모의
전이라 말할 수 있다.

지금 기데온은 부서진 건물로 인해 건축 자재를 모으는 퀘스
트 같은 것도 많다.

그리고 형이 〈잔드 초원〉을 날려버린 영향도 있어서 지금까
지 없었던 몬스터가 기데온 근교에 나타나게 되었고, 그것들을
토벌할 필요도 있었다.

그런 퀘스트를 해나가는 것은 어떤 의미로는 매우 MMORPG
같은 느낌이었기에 오랜만에 덴드로가 VRMMO라는 것을 떠올
리게 되었다고도 할 수 있다.

그리고 모의전은 매우 도움이 되었다. ……승률은 낮지만.

날마다 벌이는 모의전에는 마리와 형, 피가로 씨, 그리고 재
미있어 보였는지 피가로 씨의 결투 동료인 랭커들과 신우까지
참가했다.

우리 쪽은 핸디캡으로 1회용 대역 계열 액세서리를 쓸 수 있

203

었지만, 그럼에도 불구하고 좀처럼 이길 수가 없었다. 역시 랭커는 강하다.

투기장 결계 안에서 승부를 벌이기 때문에 사용한 아이템이나 부서진 액세서리도 원래대로 돌아온다는 것이 그나마 다행이었다. 부서진 [구명의 브로치]와 다른 아이템을 다 합치면 1000만 릴 정도였기에 투기장의 그런 사양은 매우 도움이 되었다.

자, 금액을 따지면 [갈드랜더]의 상금 10마리 분량 정도의 구입금액.

아무리 생각해도 큰돈이고, 게임을 시작할 당시의 나는 손에 넣을 수 없었던 금액이지만…… 지금 나는 쓰더라도 문제가 없는 금액이다.

왜냐하면 큰 수입이 두 번 들어왔기 때문이다.

우선 〈고즈메이즈 산적단〉의 상금, 그리고 그것을 전부 때려박은 그 도박의 배당금이 제대로 들어왔다.

때려 박은 6000만이 1.2배가 되어 돌아와서 7200만. 어떤 백의가 일으킨 사건을 수습하느라 며칠 늦긴 했지만 확실하게 지불되었다.

그 다음으로는 기데온 백작이 준 포상금이다.

그 사건에서 싸웠던 〈마스터〉들에게는 많은 포상금이 지불되었다.

특히 그때, 중앙 대투기장에서 뛰쳐나온 루키 세력과 처음부터 바깥에 있었던 사람들이 받은 금액은 컸다.

마리는 〈초급 킬러〉라는 정체를 알고 있는 것이 친지들뿐이 었기에, 사건의 보상금은 받지 못했지만 그것과는 별개로 어떤 일을 해서 백작으로부터 돈을 받았다.

그리고 형이 받은 금액도 많았다. 형은 '그 수어사이드 시리즈 의 드랍 아이템과 합치면 총알 값을 1할 정도 커버할 수 있다곰~' 이라고 했는데…… 총알 값으로 얼마나 쓴 건지는 깊게 생각하 고 싶지 않다.

그리고 보니 이번 보상금에 대해 루크와 이런 이야기를 했었다.

지금으로부터 이틀 전에 있었던 일이다.

◇

"레이 씨, 실은 좀 부탁하고 싶은 게 있는데요."

"응?"

기데온 백작의 포상금과 도박의 배당금을 받고 '이 큰돈을 어떻 게 해야 할까', 그렇게 고민하고 있던 내게 루크가 말을 걸었다.

"신기하네, 루크가 부탁을 하다니."

"네, 혼자서는 어떻게 할 수 없는 거라서요. 실은 제 전직에 대한 건데요……."

루크의 전직. 그것은 포주 계통 상급직인 [망팔(로스트 하트)]로 전직하는 것이다.

조건은 세 개. '[포주(펌프)] 레벨이 50', '부하 합계 스테이터스 가 일정 이상', 그리고 '[포주]로서 벌어들인 금액이 100만 릴 이상'이었을 것이다.

루크는 그중 전자 두 개는 달성했지만 마지막 조건인 '[포주]로서 벌어들인 금액'에 걸려 전직하지 못하고 있었다. 그리고 예전에 했던 예술가의 모델 일은 보수가 마릴린(그리고 용차)이었기 때문에 달성하지 못한 모양이었다.

그 때문에 프랭클린 사건 때 [포주]를 만렙까지 찍은 뒤에는 일시적으로 [종마사(테이머)]로 전직해서 《마물강화》 스킬의 레벨을 올리고 있었다.

뭔가 해결책을 찾아낸 걸까?

"[망팔]로 전직할 단서를 찾아낸 거야?"

"네."

루크는 고개를 끄덕이고 아이템 박스에서 미리 준비해둔 것으로 보이는 금화 주머니를 꺼냈다.

"레이 씨가 이 돈으로 제게 지명 의뢰를 해주셨으면 해요."

"……아, 그렇구나."

'[포주]로서 벌어들인 금액이 100만 릴 이상', 그 조건을 그냥 달성하려면 꽤 많은 시간과 수고가 든다.

하지만 **스스로** 돈을 준비해서 제삼자에게 부탁하여 자신을 지명하는 의뢰를 해달라고 하면…… 쉽사리 해결할 수 있는 것이다.

이번 포상금을 받고 그럴 수 있게 된 모양이었다.

"저한테 줄 보수인 100만 릴하고 [포주] 길드에 낼 수수료 100만 릴, 합쳐서 200만 릴이 들어 있어요. 그걸로 의뢰해주세요."

"그래, 알았………… [포주] 길드가 보수 절반을 가져가는 거야?!"

그거 너무 뜯어가는 거 아닌가?!

"어쩔 수 없어요. [포주] 길드를 공적인 길드로 운영해나가기 위해서 세금도 잔뜩 내는 모양이니까요. 그게 싫다고 길드를 빠져나와서 개인적으로 [포주] 일을 하는 사람도 있는 모양이지만요, ……그러면 왕국에서는 범죄거든요."

……[포주]는 그 직업 자체가 위험한 영역인 모양이다.

참고로 상인 계통의 [노예상]도 마찬가지로 많은 세금을 내고 있는 공적인 길드 쪽 일만 합법이고, 개인 [노예상]은 범죄인 모양이었다. 왕국은 그런 부분이 엄격하다……고 해야 하나, 빠져나갈 곳이 없는 모양이다.

그리하여 나는 받은 금화 주머니로 [포주] 길드에서 루크에게 지명 의뢰를 했다.

의뢰 내용은 뭐든 상관없었지만 왠지 오늘 아침 뉴스에서 본 서커스의 코끼리가 공을 타는 모습이 생각나서 '마릴린이 공을 타는 모습을 보고 싶다'고 적어두었다.

결론부터 말하자면 더 간단한 의뢰로 할 걸 그랬다며 후회했다.

우선 트리케라톱스 사이즈인 마릴린이 탈 수 있는 공을 찾는 것부터 시작했고, 그 다음에는 마릴린이 공 타기를 성공할 때까지 특훈시킬 필요가 있었다.

그렇게 마릴린이 공 타기를 습득하기 위해 하루를 통째로 날렸기 때문에…… 루크와 마릴린에게는 미안한 짓을 해버렸다.

하지만 결과적으로 의뢰가 달성되어 루크는 무사히 [망팔]로 전직할 수 있었다.

여담이지만 내가 의뢰를 내고 나서 얼마 뒤에 '특이한 부자에게 몬스터가 공을 타는 모습을 보여주고 100만 릴을 받은 녀석이 있다'는 소문이 기데온에 퍼져서 [포주]와 [종마사]들에게 공 타기 붐이 온 모양이었다.

◇

내 이야기로 돌아오자면.

배당금과 포상금을 합치니 소지금이 억 단위를 넘었기에 돈에 여유가 생긴 나는 여러 가지 장비를 사들이기 시작했다.

우선 첫 번째 퀘스트 때 부서져버린 액세서리를 형에게 사 주었고, 내가 쓸 [구명의 브로치] 같은 것도 구입했다.

그리고 왼손용 간이의수를 구입했다.

이 의수는 단적으로 말하자면 해적이 달고 다닐 법한 후크형 의수다.

팔에 신경 같은 걸 접속시키는 타입이 아니라 긴 장갑처럼 단면에 씌우는 사양이었다.

MP를 사용해 후크의 고리를 좁히거나 넓힐 수도 있긴 하지만, 미세한 조정이 불가능하고 손가락도 없기에 손처럼 쓸 수는 없었다.

그렇다면 무슨 의미가 있는가, 이것은 말고삐를 잡기 위한 의수다.

내가 이것을 팔아준 알레한드로 씨의 말에 따르면 전쟁 같은 곳에서 팔을 잃은 기사나 귀족들이 그 이후로도 말을 타기 위해 개발된 것이라고 한다.

나도 실버를 탈 필요가 있었기에 이 의수의 존재가 고마웠다.

문제가 있다면 의수를 장착한 쪽은 고삐를 잡는 것만 가능하기에 마상전투를 벌일 때는 사각이 될 수밖에 없다는 것. 그리고 형태로 인해 [장염수갑]의 왼쪽 부분을 장비할 수 없다는 것이지만 이건 지금 신경 써봤자 어쩔 수 없다.

참고로 레젠더리아나 황하에는 더 성능이 좋은 매직 아이템 의수가 있고, 드라이프에는 기계식 의수가 있는 모양이었다.

하지만 그것들은 전부 다 개인에게 맞춰 오더 메이드로 제작되기 때문에 시판되지는 않는다고 한다. 물론 왕국에는 없다.

없는 것을 욕심내봤자 소용도 없고, 지금은 이 의수로도 충분하다. 언젠가 왼손을 낫게 하는 방법을 찾아낼 수도 있고.

그런데 왠지 모르겠지만 이것을 장착하고 나서 주위 사람들…… 특히 네메시스가 뭔가 말하고 싶은 게 있다는 듯이 나를 보곤 했다.

역시 해적 같은 의수라서 눈에 띄는 건가?

그리고 돈에 여유가 생겼기에 알레한드로 씨의 가게에서 뽑기도 했다.

내용은 하루에 한 번, 10만 릴 한방 승부.

……자금에 여유가 있으니 좀 더 돌려도 될 것 같은데, 네메시스가 '허락할 수 있는 건 거기까지다'라고 하니 어쩔 수 없다.

무엇보다 '그 이상 돌리겠다면 돌린 금액만큼 나도 먹는다'라고 하니 나도 물러날 수밖에 없었다. 지금 그 녀석에게는 그 협박을 실제로 실행하고도 남을 정도로 큰 위장이 있다.

참고로 뽑기에서는 지금까지 C보다 더 좋은 것이 나오지 않았다.

원래 B이상의 당첨 상품은 잘 나오지 않는 모양이었다.

그날 X나 S를 뽑은 나와 루크의 운이 이상했던 거겠지.

그래도 슬슬 A나 B 정도는 뽑았으면 좋겠다.

그래서 오늘도 알레한드로 상점에서 쇼핑을 하면서 뽑기를 했다.

"……그런데 레이. 이렇게 돈이 많으니 어지간한 건 그냥 살 수 있지 않은가? 어째서 뽑기를 하는고?"

"거기에 미지가 있으니까."

"……멋진 말로 둘러대지 말았으면 한다만."

뭐가 나올지 모른다는 것은 그것만으로도 매력적이라고 생각하는데, 아닌가?

그건 그렇고, 내 차례가 왔기에 오늘도 10만 릴을 넣고 뽑기를 했다.

그러자…….

"……A?"

캡슐에 적혀 있었던 것은 위에서 두 번째 희귀도. 이건 당첨이라 할 수 있다.

이제야 당첨이 나왔는데…… 솔직히 나는 의문을 품었다.

왜 의문을 품었냐면, 뽑기 캡슐 때문이다.

예전에 루크가 S를 뽑았을 때는 무지갯빛 광석 같은 캡슐이었고, 내가 실버, X를 뽑았을 때도 X라는 각인이 새겨져 있긴 했지만 평범한 캡슐이었다.

하지만 이번에는…… 척 보기에도 범상치 않았다. 캡슐의 색깔은 검정색, 'A'라는 글자는 붉은색이었고…… 왠지 모르겠지만 녹아내린 듯한 필체로 적혀 있었다.

그리고 캡슐 표면에는 혈관 같은 붉은 줄기가 여러 개 드러나 있었다.

게다가 '이 캡슐은 엄중한 주의를 기울이는 가운데, 어린이가 없는 곳에서 개봉해주십시오'라고 적혀 있었다.

…………이게 뭐지?

"그것은 저주받은 보물궤일지니."

내가 뽑기 옆에서 고개를 갸웃거리며 캡슐을 보고 있자니 옆에서 그런 말이 들렸다.

돌아보니 고딕풍 드레스 아머를 입은 소녀가 서 있었다.

"아, 줄리엣."

말을 건 사람은 아는 사람이었다.

피가로 씨의 결투 동료이자 왕국의 결투 랭킹 4위, '검은 까마귀' 줄리엣.

피가로 씨와 신우의 〈초급 격돌〉 직전에 세미 이벤트로 결투를 벌인 〈마스터〉 중 한 사람이다. 피가로 씨를 통해 알게 되었고 나도 모의전을 몇 번 벌인 바 있다.

외모와는 다르게 친해지기 쉬운 사람이었고, 실제 나이가 나보다 연하라서 마음 편히 이야기할 수 있는 사람이기도 했다.

"큭큭큭, 두 개의 밤을 갈라놓은 불사의 전투 이후로구나. '흑자홍련을 두르고 빛과 어둠이 합쳐진 용사'여."

약간 돌려 말하는 버릇이 있고, 나를 이상한 별명으로 부르긴 하지만.

"아, 그제 모의전에서는 고마웠어. 그런데 이 캡슐에 대해서 아는 게 있어?"

"그렇다. 그것은 피와 원념으로 장식된 주구(呪具)를 봉인한 보물궤. 희소한 등급을 감안하면 강력하나, 사용자의 심신을 갉아먹는 양날의 검이 될지도 모른다."

흐음. '여기에는 저주받은 아이템이 들어 있고, A급 당첨이라 꽤 좋은 거겠지만 그만큼 심한 저주일지도 모른다'라고.

"…………."

"예사스럽다면 저주는 사용하는 자에게만 쏟아져 내린다. 허나 하늘에 흉성이 있을 때, 그 재앙은 주위로 퍼지게 된다. 그 비극, 부디 망각하지 말지어다."

그렇구나. '보통은 장비한 사람에게만 저주가 걸리지만, 가끔 주위에 있는 사람에게도 폐를 끼칠 경우가 있으니 주의해'라고.

"…………."

"알았어. 그럼 사람이 없는 곳에서 열어볼게. 충고 고마워."

"크크크, 이 충고에는 답례조차 필요 없다. 허나 '흑자홍련을 두르고 빛과 어둠이 합쳐진 용사'가 원한다면 언젠가 다시 불사의 전투를 벌이도록 하지."

"그래. 그럼 다음에 또 모의전 하자."

나는 그렇게 말하고 줄리엣과 헤어졌다.

자, 이 캡슐을 사람이 없는 장소에서…….

"…………이보게."

"왜 그래?"

"그대, 어떻게 아무렇지도 않게 대화를 나눌 수 있는 겐가?"

"줄리엣 말이야? 그 녀석, 장비는 좀 무섭지만 착한 녀석이고 말도 잘 통해."

"그게 아니라…… 아, 응. 이해가 안 된다면 됐다."

……무슨 소리지?

그래서 이동한 곳은 항상 그랬듯이 〈넥스 평원〉이다. [갈드랜더]를 테스트한 뒤로 아이템 쪽으로 뭔가 시험해볼 때는 여기로 오는 것 같다.

주위 100미터 안에 사람이 없다는 것을 확인하고 저주받은 캡슐을 개봉했다.

안에서 나온 것은 [CBR(커스드 블러디 리제너레이트) 아머]라는 상반신 장비였다. 우리말로 하면 '저주받아 피로 물든 재생갑주'인가?

경장갑옷의 일종이겠지만…… 피처럼 붉고 매우 무시무시하

213

게 생겼다.

방어력 보정이 200이나 붙어 있어서 지금까지 내 장비 중 가장 튼튼했던 [장염수갑]보다 단단하다.

그리고 《혈류재생》이라는 장비 스킬, 그것도 레벨이 3인 스킬이 달려 있어서 초당 3포인트씩 HP를 회복시키는 모양이었다. 그렇게까지 강력한 건 아니었지만 패시브인데다 내 MP나 SP를 소비하지 않는 것 같으니 유용하다.

그렇게 특전장비처럼 엄청나지는 않았지만 그럭저럭 쓸만한 [CBR 아머], 당연히 [커스드(저주받은)]라고 적혀 있는 이유가 있었다.

[CBR 아머]

사악한 연금술사가 양산한 갑주.

사용자에게 재생능력을 부여하지만 그 원천은 강철에 희생자의 피와 함께 담금질된 원념이다.

그로 인해 장착자에게 원념으로 여러 가지 저주를 내린다.

저주 : [출혈], [주박], [쇠약]

기재되어 있는 저주는 나도 예전에 걸린 적이 있던 것이라 효과에 대해 알고 있었다.

"내력이 무시무시하네. 그리고 입은 시점에서 피를 흘리고, 움직일 수 없게 되고, 스테이터스도 반감된다고. ……다시 말해 이건 그냥 피투성이 제조기 아냐?"

아무리 생각해도 이런 건 써먹을 수가 없다. 메리트가 그럭저럭인 정도에 비해 디메리트가 너무 크다. 무슨 생각으로 이런 걸 양산한 거야?

게다가 많은 사람들에게 입혀서 저주를 내리기 위해서인지 표기되어 있는 장비 제한 레벨은 '합계 레벨 50이상', 매우 넉넉했다. 그런 넉넉함은 필요 없다고.

이건 어떻게 할까.

팔리긴 하려나…… 팔아봤자 뽑기 본전도 못 건질 것 같은데.

"……[암흑기사(다크 나이트)]라면 아무렇지도 않게 장착할 수 있겠지만."

방금 전에 만났던 줄리엣도 그렇고, 암흑기사 계통은 저주받은 장비의 디메리트를 경감시키는 스킬을 지니고 있다.

그러니 [암흑기사]라면 좋겠지만…… 공교롭게도 나는 [성기사]다.

"어?"

"어?"

"……아, 그랬지. 그대는 [성기사]였지."

"파트너의 직업을 잊어버리지 마."

"……전투 스타일하고 차림새가 [성기사]하고는 거리가 멀지 않느냐. ……예전에는 더 하얀색이었는데."

네메시스가 관자놀이를 손으로 누르며 뭐라고 중얼거리는데 목소리가 작아서 잘 들리지 않았다.

그런데 입기만 해도 [출혈]과 [쇠약]에 걸린다고 적혀 있는 이

갑옷은 진짜 어떻게 하지, ···········응?

"왠지 줄어든 것 같은데?"

아까부터 아이템 창으로 설명을 띄워두고 있었는데 그 내용이 좀 달라진 것 같았다.

그렇다, 부여되는 상태이상이 세 개에서 두 개로······ 아, 또 줄어들었다.

저주가 [출혈]만 남게 되었고, 그 [출혈]도 잠시 후에······ 사라져버렸다.

그리고 《혈류재생》 스킬도 왠지 모르겠지만 레벨이 1로 떨어져버렸다.

[BR 아머]

사악한 연금술사가 양산한 갑주.

사용자에게 재생능력을 부여하지만 그 원천은 강철에 희생자의 피와 함께 담금질된 원념이다.

예전에는 장착자에게 저주를 내렸지만 원념이 흩어져버렸기에 저주가 사라지고 재생능력도 약해졌다.

그리고 이름과 내력까지 이렇게 바뀌었다.

"······어째서?"

"신기하구나."

왜 갑자기 원념이 흩어져버린 건지 알 수가 없다.

마치 무언가가 **빨아들이기라도 한 것**처럼······.

““아.””

나와 네메시스는 한 목소리로 내 발치를 바라보았다.

거기에는…… 원념을 흡수하여 저장하는 [자원주갑 고즈메이즈]가 있었다.

예전에 기절했을 때 대화를 나누었던 [갈드랜더]와는 다르게 의지 같은 것은 남아 있지 않을 텐데, 왠지 '잘 먹었습니다'라고 말하는 것 같았다.

아무래도 근처에 있던 원념…… [CBR 아머]의 원념을 흡수한 모양이다.

“……너, 이렇게 쓸 수도 있구나.”

[자원주갑]이 저주의 원천인 원념을 흡수하여 저주를 풀어버린 것 같았다.

결과적으로 약해지긴 했지만 [CBR 아머]는 [BR 아머]가 되어 써먹을 수 있는 갑옷이 되었다.

내가 임시로 맞춰서 지금 장착하고 있는 경장갑옷보다 좋은 장비였고, 모처럼 얻었으니 착용해보기로 했다.

“오, 보기에는 뾰족뾰족한데 의외로 움직이기 편하네.”

마음에 들었다. 《혈류재생》 스킬도 있으니 한동안은 이 장비를 쓰자.

“………….”

그때, 네메시스가 뭔가 말하고 싶은 듯이 이쪽을 보고 있었다.

“왜 그래?”

“……아니, 그대가 선택한 것이니 나는 아무 말도 하지 않겠다."

"?"

아무래도 오늘 네메시스는 자주 얼버무리는 것 같다. 고민이라도 있나?

"없지는 않지만…… 그대에게 말할 수는 없다."

내게 말할 수 없다니, 여자라서 품게 된 고민 같은 건지도 모른다.

그렇다면 파고드는 것도 눈치 없는 짓이겠지.

"그럼 됐어. 밥이라도 먹으러 가자."

"…………알겠다."

그렇게 새 장비를 손에 넣은 우리들은 의기양양하게 왕도로 돌아와 점심식사를 하러 갔다.

◆ ◆ ◆

■드라이프 황국 〈예지의 삼각〉 본거지

그날, 어떤 백의──[대교수] Mr. 프랭클린은 기데온 주변으로 날린 정찰 몬스터가 보낸 영상을 확인하고 있었다.

정찰은 예전부터 하던 것이지만 요즘에는 사정이 좀 다르다.

저번 사건이 벌어진 뒤로 기데온에 실력 있는 방첩요원이 배치된 모양이라 프랭클린의 정찰 몬스터가 도시 안으로 들어가지 못하게 된 것이다.

그래서 요즘에는 기데온 주변 지역에 정찰 몬스터를 배치하기만 했다.

이제 기데온에서 프랭클린이 계획을 꾸밀 일도 없겠지만 기데온에는 프랭클린이 숙적이라 여기는 남자가 있다. 그 움직임을 파악하기 위해서라도 감시할 필요가 있었다.

그 숙적은 가끔씩 프랭클린이 정찰 몬스터가 보낸 영상을 살펴볼 때 그 영상에 나타나곤 했다.

〈넥스 평원〉에서 뽑기 캡슐을 열었다. 안에서 나온 저주받은 갑옷에 대해 뭔가 생각에 잠긴 뒤에 그것을 입은 채 그대로 기데온으로 돌아갔다.

그 모습을 보고 프랭클린이 생각에 잠겼다.

"저 모습……."

오른손에는 귀신의 수갑.

왼손은 해적의 갈고리 후크.

다리에는 망자의 부츠.

상반신은 저주받은 갑옷.

"…………우리 [마장군] 각하보다 더 [마장군] 같은 차림새인데."

엄청나게 **흉악**한 패션이었지만, 본인은 전혀 눈치채지 못하고 있다.

프랭클린은 항상 백의를 걸치고 있는 자신이 할 말이 아니라는 것을 자각하고 있긴 했지만 그래도 레이의 차림새를 보니 느껴지는 것이 있었다.

"……중간에 누가 가르쳐주지 않았나."

프랭클린은 약간 불쌍하다는 감정을 담은 눈초리로 모니터 안에 있는 숙적(레이)을 바라보고 있었다.

프랭클린이 말했던 지극히 올바른 감상, 결론부터 말하자면 아무도 가르쳐주지 않았다.

레이의 주위에 자주 보이는 사람은 항상 인형옷을 입고 있는 형, 슬라임 코트를 입고 있는 루크, 판타지인데 정장을 입고 있는 마리, 성능밖에 보지 않아서 장비들이 전부 따로 놀고 있는 피가로, 지나치게 긴 의수의족을 달고 있는 신우, 그리고 중2병 고딕 드레스 아머를 장착하고 있는 줄리엣이다.

다른 〈마스터〉들도 비슷한 차림새였고, 티안은 '〈마스터〉니까'라고 대충 넘겨버린다.

누가 레이에게 패션에 대해 말해줄 수 있을까.

마음속으로 그의 차림새에 대해 태클을 거는 게 낫지 않을까 하고 생각한 사람들도 자신을 돌아보니 아무런 말도 할 수 없었다는 것이 진짜 이유였다.

이렇게 아무에게도 지적받지 않은 채, 레이의 패션은 암흑 쪽으로 물들어가게 된 것이었다.

Episode End

□2045년 3월 29일 무쿠도리 레이지

내가 덴드로를 시작하고 나서 벌써 2주일이 지났다.

그 2주일 동안은 덴드로 안에 틀어박혀 있을 때가 많았고, 내부에서는 시간이 3배 속도로 지나기 때문에 더 길었던 것 같은 느낌이 든다.

……오히려 그동안 일어났던 일들을 생각해보면 6주라 해도 짧게 느껴질 정도다.

릴리아나의 퀘스트부터 시작하여 〈노즈 삼림〉에서 마리와 마주쳤고, 〈묘표미궁〉을 탐색하다 피가로 씨와 만났다. 그리고 [갈드랜더]와 전투를 벌였고, 유고와 함께 아이들을 구출한 뒤 [고즈메이즈]와 사투를 벌였다. 그런 다음 기데온을 멸망시켜 왕국의 전의를 꺾으려 한 프랭클린과 결전을 벌였다.

……이거, 현실에서는 나흘 정도밖에 안 걸렸지.

무슨 밀도가 이래. 사건에 너무 자주 엮이잖아.

돌아보니 프랭클린 사건이 끝난 뒤로는 꽤 느긋한 것 같기도 했다.

파티로 퀘스트를 받거나, 피가로 씨의 초대를 받아 결투 랭커분들과 모의전을 하거나, 형이 만든 요리를 시식하거나, 프랭클린 사건 때 알고 지내게 된 카스미 일행과 함께 〈묘표미궁〉을 탐색하기도 했다.

처음 며칠간과 비교하면 전부 다 평범한 것들 같은 느낌이 든다.

네메시스는 '이건 썰물이 빠져나간 바다 같은 것이다. 분명 이제부터 말도 안 되는 사건(트러블)에 휘말리게 되겠지'라고 했는데, ……그렇지 않을 거라고 생각하고 싶다.

……그런데 예전부터 사건에 자주 휘말리곤 했지.

어렸을 때 형이 구해줬던 교통사고도 그렇고, ……누나와 해외여행을 함께 가게 되었을 때는 '이게 현실인가? 아니면 꿈인가?'라고 기억이 애매해질 정도의 사건에 휘말리기도 했다.

……아, 떠올리니까 몸이 떨리는 걸 보니 분명 꿈은 아니겠지.

아무튼, 이제부터 덴드로에서 하게 될 모험이 보통이든 사건이든 간에 내게는 그것 말고도 해야 하는 일이 있다.

그것은…… 대학교에 입학할 준비다.

나는 다음 달부터 대학생이 된다. 대학교 수업이 시작되기 전까지 반 달 동안, 계속 덴드로만 하고 있었기에 바깥으로 잘 나가지도 않고 있었다. 오히려 로그인해 있던 시간이 이쪽에 있는 시간보다 길어서 깜빡 잊을 뻔할 정도였다.

……하지만 그래도 대학교에 입학하기 전에 수속을 밟아야 하는 일정까지는 잊지 않았기에 지금까지도 설명회와 대학생 협동조합의 수속, 교과서 구입, 건강진단 같은 걸 하러 대학교에 가곤 했다.

그리고 오늘은 입학하기 전 마지막 수속, 내가 다닐 문과 계열에서 여러 가지 수속을 밟는 날이다.

……얼마 전까지 고등학생이었기에 '입학하기 전에 수속을 이렇게까지 많이 할 필요가 있나'라고 생각하기도 했지만, 대학교에서는 이게 보통인 건지도 모르겠다.

뭐, 내가 살고 있는 아파트는 대학교에서 그렇게 멀지도 않아서 자전거로도 30분 정도면 갈 수 있었기에 시간이 그리 오래 걸리진 않는다.

저녁 전에는 돌아와서 덴드로에 로그인할 수 있을 것이다.

그런 생각을 하면서 방을 나선 뒤 아파트 엘리베이터로 걸어갔다.

그러자 아래에서 올라온 다른 입주자와 마주쳤기에 인사를 나눴다.

"안녕하세요."

"앗, 안녕하세요우."

그녀는 아파트 같은 층에 살고 있던 외국인 여자였다.

이 아파트는 도쿄에서도 고급 아파트고 보안도 철저하기에 여자 입주자도 많은 모양이었다.

하지만 집세가 비싸서 보통 대학생이 살 만한 곳은 아니었다. 꽤 부잣집 자식이어야 살 수 있겠지.

나는 형 덕분에 여기 살고 있긴 하지만.

"그러고 보니 저 사람은……."

방금 전에 스쳐 지나간 그 사람은 나보다 약간 연상이겠지.

아마도 아직 대학생…… 일본어에 익숙하지 않은 것을 보니 다른 나라에서 온 유학생 같다. 형도 이 아파트에 부자 외국인이 많이 산다고 했었다.

그녀도 이 아파트에 살고 있는 걸 보니 역시 어떤 부잣집 영애겠지.

……뭐, 다른 사람의 사생활을 신경 써봤자 소용없잖아.

"그런데 이름이 뭐였더라."

이사 왔을 때 같은 층 사람들에게는 이사 선물로 소면을 들고 인사하러 다녔다.

그때 자기소개를 했었을 텐데…….

생각나지 않는다는 게 마음에 걸렸기에 멈춰 서서 잠시 끙끙댔다.

"분명 프…… 프래…… 프랭클린. 아니지."

프라고 생각하기만 해도 그 이름이 떠올라버렸지만 그건 절대 아니다.

그 더 매드 사이언티스트인 백의와 예쁜 금발인 저 사람은 전혀 겹치지 않는다.

저 사람의 이름은…….

"아. 맞다. 프란체스카 씨야."

나는 목에 걸려 있던 가시가 빠진 듯한 느낌이 드는 것과 동시에 납득하면서 아파트를 나선 뒤 대학교로 갔다.

◇

고등학생 감각으로 보았을 때, 지금은 봄방학이기에 학교에는 사람이 별로 없을 것 같은 이미지였지만 대학교에 몇 번 가보면서 그 인식도 바뀌었다.

대학교에는 3월 말인데도 사람이 꽤 많았다.

학회나 연구실에 다니는 사람도 있었고, 서클에 힘을 쏟고 있는 사람도 있었다.

특히 서클은 엄청난 밀도와 열기로 신입생들을 권유하려고 목이 빠져라 기다리고 있는 모양이었다.

"서클 활동이라……."

나도 모처럼 대학생이 되었으니 어딘가 들어가는 게 나으려나?

보아하니 서클 권유는 특히 체육 계열 서클에서 열심히 하고 있었다.

종합격투기 서클 같은 곳에서는 형보다 체격이 좋을 정도로 근육질인 선배들이 근육을 어필하며 몸도 마음도 뜨겁게 권유하고 있었다.

그리고 서클의 목표인 건지 '노려라! 언리미티드 팡크라티온 대학 대회 입상!'이라는 현수막도 내걸고 있었다.

언크라 말이지. 형의 학생시절을 생각하면 흥미가 있긴 하다.

하지만 나는 현실에서도 초인 같은 형이나, 초인은커녕 아예 인간을 그만둔 누나와는 다르게 신체적으로는 평범한 사람이다.

애초에 고등학교 때도 스포츠를 하지도 않았으니 그쪽은 피하도록 하자.

"고등학교라……."

나도 2학년 때부터는 수능 공부 때문에 탈퇴하긴 했지만, 1학년 때는 클럽활동을 했었다.

들어간 곳은 전유연…… '전자유희연구회', 쉽게 말하자면 모여서 쉴 새 없이 게임을 하는 클럽활동이었다.

그런 클럽활동이 허용되었던 걸 보면 내가 다니던 고등학교는 꽤 느슨했던 것 같다.

하지만 다른 한편으로 E-스포츠 같은 활동도 했고, 전유연 멤버들끼리 전국대회에 나가기도 했다.

부장이 버스에일(카드게임)의 건슬링거로 우승했고, 부부장이 워 그라운드(FPS) 배틀로열에서 우승했다.

나도 스트림 파이터(격투게임) 토너먼트에서 좋은 결과를 냈기에 부실에는 트로피가 세 개 나란히 놓이게 되었다.

다른 두 사람은 그 뒤로 곧바로 졸업했지만, 좋은 추억을 남길 수 있었다면서 기뻐했던가.

나보다 2년 먼저 대학생이 된 두 사람은 지금쯤 뭘 하고 있을까.

새해가 되면 연하장이 오긴 했는데.

뭐, 그 두 사람이니 아직 게임을 하고 있겠지.

"고등학교 때처럼 게임 서클에 들어갈 수도 있겠지만, ……뭐, 입학하고 나서 천천히 생각하자."

지금은 덴드로만으로도 바쁘니까.

……한순간, '온라인 게임만 하다가 끝난 대학교 생활'이라는 문장이 머릿속을 스쳤지만 마음속 구석에 제쳐두도록 하자.

일단 날마다 공부를 하고 2~3년 뒤에 취직활동을 열심히 하기로 결심했다.

◇

오늘 할 예정이었던 학생증 등의 수속은 오전에 전부 끝났다.

아니, 지문인증만으로 끝나버렸다.

그렇게 수속이 빨리 끝나버리니 당황하긴 했지만, 지금은 이게 보통인 모양이었다.

담당하고 있던 나이든 직원 분 말로는 '내가 근무하기 시작하고 나서 30년 동안 전자화가 많이 진행되었거든. 요즘에는 이런 수속도 정말 빠르지'라고 했다.

내가 살고 있던 지방의 중학교, 고등학교에서도 전자화가 진행되고 있기는 했지만 이렇게까지 빠르진 않았기에…… 역시 도시에 있는 대학교는 최첨단인 모양이었다.

……이렇게 쉽사리 끝날 줄 알았다면 처음에 참가했던 설명회 때 함께 등록해버릴 걸 그랬다는 생각도 들었다.

일찌감치 끝나버리긴 했지만, 그래도 오전 11시가 넘은 시간이었다.

좀 이르긴 했지만 점심식사를 할 시간대였고, 모처럼 왔으니 학생식당에서 처음으로 점심을 먹기로 했다.

이제부터 4년 동안 다니며 먹게 될 곳이기에 '맛있으면 좋겠다'라고 생각하며 식사를 하게 된 것이다.

"호오, 식당이 여러 개 있네."

고등학교와 대학교의 차이에 놀라면서 여러 개 있던 학교식당 중 한 곳을 골라 들어갔다.

그 식당의 메뉴를 보니 일일정식이 여러 종류 있었고, 고정 메뉴에 면 종류도 다양했다.

정식 중에서 '랍스터 된장찜 정식', 그렇게 호기심은 무시무시할 정도로 생기긴 하지만 식욕은 전혀 생기지 않는 메뉴를 발견했으나 무난하게 좋아하는 스파게티 미트소스를 주문하기로 했다.

"……흐음."

결론부터 말하자면 내가 먹은 스파게티의 맛은 평범했다.

아니, 평범하다고 해야 하나, 사실 학생식당치고는 꽤 맛있는 편인 것 같았다.

하지만 아무리 맛을 봐도 **비교**를 해버리게 되었다.

"……식사가 싱겁네."

뭔가…… 요리에서 부족함이 느껴진다.

그러고 보니 요즘은 집에서도 요리를 별로 하지 않았던 것 같다.

예전부터 집에서 돕곤 했기에 집안일은 대충 다 할 수 있고, 요리도 그 안에 포함되어 있다. 자취를 하더라도 문제없을 거라고 어머니께서 말씀해주셨다.

하지만 지금 나는 요리를 하지 않고 편의점에서 산 주먹밥과 샌드위치 같은 간단한 음식과 집에서 보내준 컵 스프로 식사를 때우고 있다.

내 식생활과 미각이 변화한 이유를 생각해보니…… 답은 금방

나왔다.

"원인은…… 덴드로인가."

기본적으로 식사는 그쪽이 맛있다.

그것은 요리를 먹을 때 판타지 특유의 신기한 힘이 더해지기 때문이다.

RPG의 식사에서 신기한 힘이라고 하면 '먹으면 건강해진다'나 '스테이터스가 오른다' 같은 요소가 먼저 생각나지만, 미각이 존재하는 덴드로의 경우에는 그것뿐만이 아니다.

'맛있다고 느끼게 하는' 식자재 아이템이나 스킬이 존재하고, 건축 관련 스킬을 써서 지은 레스토랑에도 미각 보정이 붙는 모양이었다.

그러한 보정이 겹친 결과, 저쪽에 존재하는 인기 있는 가게의 맛은 형의 말에 따르면 '현실의 고급 식당을 한참 뛰어넘는' 수준이라고 한다.

하지만 정작 그렇게 말한 형이 현실에서 가져온 센스 스킬(자기 실력)으로 만든 요리가 보정이 겹쳐진 인기 식당을 훨씬 뛰어넘는 수준이다.

저번에 시식하면서 먹었던 형이 손수 만든 과자도 이상할 정도로 맛있어서 '미각의 인플레이션'이라는 영문을 알 수 없는 현상을 체험해버렸다.

……이야기가 다른 곳으로 빠지긴 했지만, 말하자면 덴드로에서 하는 식사가 너무 맛있어서 현실에서 하는 식사에서 부족함

을 느끼는 것이다.

내가 요리를 하지 않는 것도 들어가는 수고가 수지에 안 맞는 것 같다고 느꼈기 때문일 것이다.

맛있는 식사는 덴드로에서, 현실에서는 영양보급을 목적으로 간단히.

실제로 그런 식사가 '덴드로 다이어트'라는 이름으로 여자들이나 헤비유저들을 중심으로 퍼지고 있는 것 같다고 예전에 WEB에서 읽은 기사에 나와 있었다.

"…………."

냠냠, 스파게티를 입에 넣었다.

이 스파게티는 맛있을 텐데.

하지만 왠지 미각에 호소하는 힘이 부족한 것 같은 느낌이 든다.

……일단 식탁 위에 있는 타바스코와 치즈 가루를 뿌려서 맛을 바꿔보자.

"아, 과제가 인자 끝났어야……. 참말로 힘들었다니께……."

"고생하셨습니다."

그때, 뒤쪽 자리에서 이야기하는 소리가 들렸다.

지금 같은 시간에는 식당을 이용하는 사람도 적어서 크게 이야기하지 않아도 들린다.

"카게양은 좋것어~. 과제를 진즉에 끝내부렀잖어. 보여줘도 탈은 없을 것인디~?"

"학업은 자신의 힘으로 해야 할 것 같습니다만."

칸사이…… 약간 교토 같은 사투리를 쓰는 여자와 정중한 말투를 쓰는 남자가 나누는 대화였다.

역시 대학교에는 전국에서 학생들이 모이는구나.

점심식사를 마치고 식당을 나서려 했을 때, 식당 가까운 곳에 있는 게시판에 종이 여러 개가 붙어 있는 것이 눈에 들어왔다.

전자화가 진행되고 있는 대학교에서도 이런 부분은 아직 아날로그구나, 그렇게 이상한 감탄을 하며 좀 둘러보았다.

대부분은 교내의 공지사항이나 서클 권유였지만, 그중에는 아르바이트 모집 등의 전단지도 있었다.

식당이나 매점 아르바이트뿐만이 아니라 가정교사 아르바이트 같은 것도 있었다.

지금은 집에서 보내주는 돈으로 생활하고 있지만, 나중에는 이런 아르바이트를 하는 것도 생각해볼 필요가 있을 것이다.

뭐, 덴드로가 일단락되면…… 말이지만.

대학에서 볼일을 마친 뒤에는 생활용품을 사서 정오가 약간 지난 시각에 집으로 돌아왔다.

산 것들을 정리하고 있자니 휴대단말기가 진동하며 전화가 왔다는 것을 알렸다.

디스플레이 표시는 전화를 건 사람이 어머니라는 것을 나타내고 있었다.

나는 단말기의 통화버튼을 누르고 귀에 가져다 댔다.

『여보세요, 레이지?』

들린 것은 어제도 들었던 어머니의 목소리였다.

"엄마, 무슨 일 있어?"

『오늘이 마지막 수속하는 날이었지? 제대로 했는지 신경 쓰여서……..』

그 말을 듣고 '아, 역시 그거구나'라고 생각했다.

어머니는 걱정이 많아서 대학교의 수속 같은 것을 하는 날에는 이렇게 확인하는 전화를 걸곤 했다.

어제도 아침에 '오늘은 건강진단하는 날인데, 준비는 제대로 했니?'라는 전화가 왔다.

형 말을 들어보니 어머니는 예전부터 이렇게 걱정이 많은 성격이었던 모양이다.

……뭐, 가장 큰 이유는 그런 누나가 장녀라는 것 때문이겠지.

누나는 여러 가지 측면에서 행동이 이해를 훨씬 벗어나는 것이 기본이다.

아침에 생각난 몇 가지 일화처럼 상식으로는 있을 수 없는 사건에 마주치고는 힘으로 밀어붙여 해결해온 사람이 우리 누나다.

그 때문에 부모님은 고생을 많이 한 모양이었다.

그리고 그런 누나와 연년생으로 태어난 것이 그런 형이다.

누나만큼 탈선하지는 않는 형이지만, 다른 패턴으로 보통은 아니다.

어렸을 때 예능계에 입문해서 아역 배우 겸 가수로 활약했고, 중고등학교 때 격투기를 시작하더니 언크라 대회에서 우승했고, 대학교를 다니며 배운 요리는 먹은 사람을 승천시킬 만한 물건이었다.

다시 말해, 거의 대부분의 경우에는 뭘 시키더라도 결과를 내버린다.

내가 아는 한, 형이 할 수 없었던 것은 미술 정도다. 왠지 모르겠지만 그것만큼은 '혹시 우주인이라면 이해할 수 있지 않을까? 잘 모르겠지만' 수준인 실력이었다.

어찌 됐든, 그 규격에서 벗어난 두 사람을 아이로 둔 부모님의 마음고생은 쉽게 상상이 되었다.

부모님은 그런 누나와 형의 연장선상에 있는 막내인 나까지 걱정하는 것이다.

나는 그 두 사람과 비교하면…… 아니, 굳이 비교하지 않더라도 평범할 테니 그렇게 걱정하지 않았으면 하는데.

……어째서일까. 방금 네메시스의 목소리로 '평범한 사람은 언데드를 물어뜯으면서 싸우지 않을 터인데?'라거나 '탄화된 팔로 다른 사람의 얼굴을 두들겨 패지 않을 터인데?'라는 환청이 들렸다.

……아니, 나는 그 두 사람보다는 평범할 거야.

『레이지? 왜 그러니? 무슨 일 있어?』

"아, 응. 아무것도 아니야. 오늘 해야 할 수속은 오전에 다 했으니까 괜찮아. 이제 모레 시업식을 기다리기만 하면 돼."

어머니의 걱정스러운 듯한 목소리를 듣고 안심시키려는 듯이 사실대로 대답했다.

모레는 3월 31일이라서 4월이 되기에는 하루가 남았지만 1일이 토요일이어서 그렇게 된 모양이었다.

하지만 그날 진행되는 것은 안내 같은 것들이고, 입학식은 대학교 일정이 시작되고 나서 얼마 뒤에 하게 된다고 스케줄에 적혀 있었다. 입학한 뒤 곧바로 입학식을 하지 않는다는 것도 좀 신기했던 기억이 있다.

『그래, 그렇다면 다행이네…… 입학식 날에는 나하고 아버지도 그쪽으로 갈게. 그리고 뭐든지 곤란한 일이 생기면 형이 근처에 사니까 도와달라고 하렴.』

"그래, 나도 알아."

형도 비슷한 말을 했었고.

『그건 그렇고…… 그렇게 작았던 레이지가 이제 곧 대학생이구나. 시간이 참 빨리 가네…….』

전화 너머로도 어머니가 감상에 젖어 있다는 것을 알 수 있었다.

『레이지는 정말 걱정을 끼치지 않는 애였지……. ……뭐, 형도 그렇긴 했지만, 그 애는 너무 걱정을 끼치지 않아서……. 반대로 누나는…….』

……전화 너머로도 어머니가 뭔가를 떠올리며 머리를 감싸고 있다는 것을 알 수 있었다.

지금 나와 마찬가지로 누나가 저지른 짓들을 떠올리고 있는 걸까.

아니면 내가 태어나기 전에 저질러서 내가 알지 못하는 짓들을 떠올리고 있는 걸까.

……그렇지 않다면.

"엄마, 혹시 누나한테 또 무슨 일이 생긴 거야?"

『…………어제, '발베르데에서 폭탄 테러에 휩말렸어. 뉴스에 이름이 나올지도 모르지만 나는 다치지 않았으니 걱정하지 마. 설치한 녀석도 잡았으니까'라고 국제전화가 왔었어.』

"…………."

범인까지 잡은 걸 보니 아무래도 누나는 아무것도 변한 게 없는 것 같다.

아니, 발베르데라니…… 그 사람은 또 남미에 간 건가?

『그 애는 사실 슈퍼맨이나 터미네이터 아닐까…….』

서양 영화를 좋아하는 어머니다운 예시이고, 약간 동의하고 싶긴 하지만 아마 아닐 것이다.

"저번에 물어봤을 때는 '병원 검사로는 지구인이었어. 물론 DNA 감정에도 문제가 없었고'라고 하던데."

『……그 애도 참.』

어머니가 한숨을 쉬었다.

『형은 남자고, 지금은 제대로 된 직장도 없으니 그렇다 쳐도 누나는 이제 곧 서른이니 시집을 갔으면 좋겠는데…… 저러고 있으니까.』

"뭐, 저런 누나한테 사귀자고 하는 사람이 있다면 용사겠지."

만약 내가 누나와 남남이라고 해도 절대로 사귀자고 하지는 않을 것 같다.

『그러고 보니 레이지, 너한테는 그런 이야기 없니?』

"……어?"

왠지 이야기가 이쪽으로 날아오고 있었다.

『대학교에서 여자친구 생겼어?』

"……아직 설명회나 수속을 밟으러 간 적밖에 없는데, 그럴 리가 없지."

덴드로에서는 릴리아나와 마리, 그리고 모의전에서 알고 지내게 된 결투 랭커인 줄리엣이나 첼시 같은 여자들하고 친해지긴 했는데.

그것도 친구 같은 관계이지, 어머니가 말하는 교제 상대(여자친구)라는 관계와는 한참 거리가 있다.

『여자애가 요리를 해주고 그러지 않아?』

"……아냐, 아냐."

예전에, 기데온으로 가던 도중에 마리가 야식을 만든 적이 있긴 했다.

하지만 마리가 만든 그것을 요리라고 하면 다른 모든 요리에게 실례이기 때문에, 그때 그건 요리를 만들어준 걸로 치지 않을…… 것이다.

『여자애하고 드라이브를 한다거나.』

"……애초에 자동차 면허 자체가 없어. 오토바이 면허가 있긴 하지만, 이쪽에는 바이크가 없으니까."

가끔씩 네메시스와 함께 실버를 타긴 한다.

하지만 말을 타는 것은 드라이브라 할 수 없을 테니 역시 여자애와 드라이브를 한 적도 없을 것이다.

『그래…… 우리 애들 중에서는 레이지가 제일 연애하고 가까울 것 같은데.』

"아니, 그건 형 아니야?"

내가 알기로는 예전부터 당연하다는 듯이 여자들에게 인기가 많았다.

고등학교 시절 밸런타인데이 때는 초콜릿을 잔뜩 들고 왔었고.

『형은 지금 백수니까…….』

"……아~."

하긴. 지금 형은 제대로 된 직장을 잡지 않고 하루 종일 덴드로만 하고 있으니 예전 같은 인기는 없을지도 모르겠지만.

아니면…… 내가 모를 뿐, 덴드로 안에서도 인기가 있는 건가?

그래도 생각해보니 애들에게만 인기가 있었지. ……그건 완전히 놀이기구나 마스코트 취급이었으니까.

"아, 그래도 엄마. 형은 백수지만 수입은 있잖아. 수입을 결혼조건으로 내세우는 여자들에게는 아마 인기가 있을 거야. 괜찮아."

『그건 그것대로 문제가 될 것 같은데…….』

내가 말하면서도 좀 그렇긴 했어.

『10년 안에 손주를 보고 싶다는 건 사치스러운 생각인가…….』

"……뭐, 형이라면 마흔 살이 되기 전에 결혼할 거야. 아마도."

『누나는?』

".........."

미안해, 엄마.

누나가 결혼하는 모습만은…… 상상이 되질 않아.

그건 분명…… 소수점 저편에 있는 가능성을 붙잡아야 하지 않을까?

□결투도시 기데온 [성기사] 레이 스탈링

나는 어머니와 통화를 끝내고 〈Infinite Dendrogram〉에 로그인했다.

로그인하고 나서 바로 시간을 확인해보니 이쪽에서는 오후 3시 정도였다.

내가 시간을 확인하던 동안 네메시스도 문장에서 튀어나왔다.

"레이, 대학교 쪽 볼일이라는 건 끝난 게냐?"

"그래. 수속은 전부 끝났어."

그러니 오늘하고 내일은 덴드로에 집중할 수 있다.

뭐, 그 이후로는 대학교에 다니기 시작할 테니 지금까지처럼 로그인할 수는 없겠지만…… 그건 나중에 생각하자.

"그래서, 오늘은 어떻게 할 겐가? 루크나 마리와 만나기로 한 건 이쪽 시간으로 내일일 터인데."

우리들은 파티를 짜고 나서 자주 퀘스트를 받곤 했다.

특히 요즘에는 그 사건으로 인해 〈잔드 초원〉이 크게 변해버린 영향으로 주변의 생태계가 바뀌어버려 지금까지 없었던 종류의 몬스터가 기데온으로 다가오는 경우도 늘었다.

그렇게 위험도가 높은 몬스터에 대한 토벌 퀘스트가 요즘 기데온에서 늘어나고 있다.

오늘도 그런 퀘스트를 받을 예정이었지만, 대학교 쪽 볼일이 일찍 끝나서 시간이 비어버렸다.

친구 리스트를 보았지만 루크와 마리는 아직 로그인하지 않았다.

"그렇지…… 초소 쪽에 잠깐 들러볼까."

"그 볼일인가?"

"그래."

그렇게 내가 기사단 초소로 가자 바로 초소의 직원 분이 익숙하게 나를 어떤 곳으로 안내해주었다.

그것은 엄중하게 봉인된 문이었고, 직원 분이 어떤 마법을 써서 그 봉인을 해제해나갔다.

방 안으로 들어가자 수많은 컨테이너형 아이템 박스가 산더미처럼 쌓여 있었다.

그것들은── 저주받은 무구가 가득 들어 있는 아이템박스였다.

이 세계의 무기는 여러 가지 이유로 인해 저주를 받게 된다.

죽은 자의 원념에 닿아 저주받은 무구. 저주받은 무기를 만들어 사용하는 [암흑기사], 그리고 다른 사람이나 물건을 저주하는 [주술사]가 저주를 건 채 방치한 무구. 몬스터의 스킬로 인해 저주받아버린 무구 등, 전부 다 열거하려면 끝이 없다.

사제 계통 등의 성직자가 저주를 풀 수도 있지만, 저주의 강도에 따라서는 풀지 못하는 경우도 있다. 그야말로 왕국 티안 중에는 얼마 없는 만렙 숙련자 정도가 아니면 저주를 풀지 못하는 것도 많은 모양이었다. 또한, 그 정도로 숙련된 성직자는 기본적으로 왕도에 있고 기데온에는 없다.

더 골치 아픈 점은 저주받은 무구는 함부로 폐기하거나 파괴할 수도 없다. 버리면 누군가가 주워서 저주를 받게 되어버릴 수도 있고, 파괴로 인해 저주가 발동될지도 모르기 때문이다.

그리고 원래는 우수한 무기라서 버리거나 파괴하기 아까운 명품도 있는 모양이었다.

그런 이유 때문에 오랜 시간에 걸쳐 조금씩 저주를 풀게 되었고, 그렇게 대량으로 쌓인 결과 이 기데온에는 저주받은 무구가 잔뜩 모이게 되었다고 한다.

그나마 서비스가 시작됨에 따라 〈마스터〉가…… 만렙 성직자가 늘어났기 때문에 조금씩 개선되고 있긴 하지만 모인 무구는 아직 대량으로 남아 있었다.

기데온에 모여 있는 무기는 비록 지금은 저주받긴 했지만 우수한 무구들이 많았다.

그러한 무구들을 사용할 수 있게 된다면 앞으로 또 그 사건 같은 일이 발생했을 때 대응할 수 있는 전력이 늘어나게 된다. 나중에 있을 전쟁에서도 써먹을 수 있으니 기데온 백작도 무구의 저주를 풀어두고 싶었던 모양이다.

하지만 저주를 풀어나가는 속도가 그다지 빠르지 않았기에 백작도 고민하던 차에 어떤 사건이 벌어져서 사정이 또다시 바뀌었다.

그것은 저번에 내가 손에 넣은 [CBR 아머] 사건이었다.

내가 특전무구의 저주를 푸는데 성공했다는 이야기를 백작이 듣고 내게 저주를 풀어달라는 의뢰를 한 것이다. (정보는 아마도 마리가 엘리자베트에게, 엘리자베트가 백작에게, 이런 흐름으로 전달되었을 것이다)

백작에게 의뢰를 받은 나는 시간이 날 때만이라는 조건으로 받아들이게 되었다.

그렇게 가끔씩 이렇게 초소를 방문해서 저주를 푸는 작업을 진행하고 있다.

시간과 효율을 따지자면 두 시간에 아이템 박스 하나 정도.

뭐, 성직자라면 스킬을 사용할 테니 MP소비나 쿨타임 등의 사정으로 인해 하루종일 조금씩 저주를 풀 텐데, 내게는 [자원주갑]이 있기 때문에 다가가서 빨아들이기만 하면 되니까 편하긴 편하다. 작업 속도도 훨씬 빠를 것이다.

하지만 시간이 오래 걸린다는 건 마찬가지겠지만.

"저주받은 무구를 정화하는 건 아직 한참 남은 겐가?"

"꽤 오랫동안 모아온 모양이니까. 보이는 대로 산더미처럼 쌓여 있어."

"원념청소기인 [고즈메이즈]로도 아직 한참 남았단 말이지."

"……원념청소기. 뭐, 그렇게 말할 수밖에 없겠지만."

뭐, 시간이 날 때만 해도 상관없다고 했으니 느긋하게 정화시켜나가자.

내게도 저주를 푸는 작업 자체는 메리트가 크다.

[자원주갑]은 원념을 빨아들이면 빨아들일수록 MP나 SP의 저장량이 늘어난다. 앞으로 전투에서 사용할 것을 고려하면 원념을 많이 흡수할수록 좋다.

참고로 이 작업의 보수는 돈이 아니다.

제시된 보수는 '아이템 박스 10개의 저주를 풀 때마다 저주를 푼 무구 중에서 마음에 드는 것을 하나 가져도 된다'는 것이다.

성검, 마검, 보검, 뭐가 됐든 이 저주받은 아이템 박스 안에 들어 있던 것이라면 마음대로 골라도 된다고 했다.

앞으로 네메시스가 곁에 없는 상황이나 네메시스와 각자 떨어져서 전투를 벌이는 상황을 생각하면 예비 무기가 있는 편이 나으니 나도 그 조건을 받아들여 일을 하고 있다.

하지만…….

"이것도 안 돼, 이것도 부족하다."

"…………."

예비 무기 이야기를 하자 네메시스는 '내 심사에 합격한 무기여야만 한다!'고 말했다.

그 심사는 매우 엄격해서 지금까지 한 작업으로 인해 아이템 박스 10개 분량의 저주를 풀었는데…… 합격한 무기는 하나도 나오지 않았다.

……엄청나게 강해 보이는 마검 같은 것도 있었는데.

"아직 내 심사를 넘어설 수 있는 검은 보이질 않는구나!"

하긴, 저번에 네메시스 말고도 쓸 무기에 대해서 '제대로 꼼꼼히 골라야만 하겠지!'라고 했던 기억이 있다.

그런데 이렇게까지 심사가 엄격할 줄은 몰랐다.

과연 네메시스의 심사에 합격할 수 있는 무기가 존재하긴 할까?

◇

아이템 박스 하나 분량을 정화하고 나서 방을 나서자 바깥은 이미 저녁이었다.

오늘 결과를 담당자에게 보고하고 나서 초소 복도를 걸어가고 있자니.

"어라?"

앞쪽에 낯익은 사람…… 릴리아나가 있었다.

얼굴이 빨개진 채 왠지 초조한 표정을 짓고 있던 릴리아나가 여러 사람들과 한데 모여 이야기하고 있었다.

"역시 이미 기데온 안에는…… 콜록."

"아무리 그래도 거리에서 찾아내지 못할 리는 없소이다. 그러니 기데온 바깥으로 나가셨을 가능성이……."

그 사람들은 감색 닌자복을 입고 머리에는 복면과 덧대를 장착하고 있어서…… 척 보기에도 전형적인 닌자 같았다.

하지만 지금 기데온에서는 닌자가 신기한 존재가 아니다. 밤낮을 가리지 않고 지붕 위나 어두운 곳을 뛰어다니는 닌자를 볼수 있다.

그 광경을 만든 가장 큰 원인은…… 우리 파티 멤버인 마리였다.

기데온 백작은 고즈메이즈 산적단, 그리고 프랭클린이 마음껏 날뛰었던 것들에 대해 답답해하고 있었다.

그래서 '유괴사건이나 테러계획을 벌이지 못하게 하게끔 우선경찰, 첩보 쪽을 확실하게 하자'라고 생각하며 사비를 들여 첩보기관을 만들려 했던 모양이었다.

백작은 중요한 정보를 다루는 특성상 구성원은 〈마스터〉보다 티안이 더 낫겠다고 생각한 모양이었지만 인재가 부족했다.

그렇지 않아도 이쪽 시간에서 반년 정도 전에 황국과의 전쟁이나 그 전에 있었다는 〈SUBM〉의 습격 사건…… [삼극룡 글로리아] 사건으로 인해 전투 직업 티안 중 대부분이 희생되어서 지금 왕국 안에는 레벨이나 전투기능이 뛰어난 티안이 별로 없다.

그리고 뛰어난 소수의 티안도 왕도의 기사단 등에 집중되어있는 형태다.

그래서 경찰 기능까지 겸비한 첩보기관을 만들려면 우선 어딘가에서 인재를 얻어와야만 했다.

그때 나선 것이 마리였다.

마리는 저번 사건 이후로 그때 회수했던 '〈마스터〉만 공격하는' 몬스터 [주얼]을 엘리자베트의 소개를 통해 백작에게 팔아 넘겼다. (그 몬스터는 티안 기사단의 훈련&레벨업 용도로 활용하는 모양이었다)

또한 그때 마리는 자신이 〈초급 킬러〉라는 사실과 천지의 은밀 계통 초급 직업 [절영]이라는 것도 백작에게 밝혔다.

첩보기관을 만들고 싶었던 백작은 그 말을 듣고 첩보원에 가장 적합하다는 천지의 닌자를 마리에게 소개받아 고용하려 했던 모양이었다.

백작에게 소개 의뢰를 받은 마리는 아직 연줄이 있던 천지의 어떤 닌자집단(마리가 은밀 계통 직업을 습득한 닌자 마을)에 연락을 취했다.

그러자 그쪽도 마침 천지에서 벌어진 내전으로 인해 모시던 가문이 멸망해서 의지할 곳이 없었기에 새로운 고용주를 찾고 있었다고 했다.

이렇게 기데온 백작과 닌자집단의 생각이 일치했고, 그들은 마을 전원이 이 기데온으로 이주하게 되었다.

참고로 그들이 대륙 반대쪽에 있는 천지에서 이곳으로 오는 데는 1주일도 걸리지 않았다.

그것은 거의 대부분의 〈마스터〉들도 불가능한 이동속도였기에 백작은 대체 어떻게 하면 그렇게 단기간만에 이동할 수 있는

지 의문을 품었던 모양이었다.

하지만 그 질문에 대해 '기업비밀이오. 닌닌'이라며 수상쩍을 정도의 닌자 어필을 하는 대답을 들은 모양이었다. 그 비밀에 대해서는 그 자리에 참석했던 마리도 모르는 것 같았다.

그런 닌자들이긴 했지만 실력은 뛰어났다.

기데온 닌자부대의 출신국가인 천지는 7대 국가 중에서도 티안이 가장 강한 나라로 유명하다.

전투 계열 티안이라면 500레벨 만렙부터가 겨우 시작 단계. 그때부터 기교를 더욱 갈고닦아 한 사람 몫을 하는 무예자가 된다고 한다.

그런 사정으로 인해 항간에서는 '수라의 나라'라고 불리곤 한다.

그리고 불행인지 다행인지, 천지는 일본의 전국시대에 가까운 상태여서 그 힘이 외국으로 향하는 경우는 거의 없다고 한다. ……1년 내내 전쟁이라니, 살벌하긴 하지만.

그렇기 때문에 '하오체'를 연달아 내뱉고 있는 전형적인 닌자들도 다들 만렙인 강자들이며 더할 나위 없이 적합한 인재였다.

아무튼 이렇게 기데온 백작 직속 첩보기관으로서 기데온 닌자부대가 신설되었고, 로마풍 거리인 기데온의 어두운 밤 속을 닌자들이 뛰어다니게 된 것이다.

여담이지만 마리는 이번에 중개료로 상당히 많은 돈을 받았는지, 저번에 식사를 대접해주었다.

그런 이유로 인해 기데온에서는 이미 닌자가 익숙한 상황인데, 그 사람들과 이야기를 나누고 있던 릴리아나의 표정에는 왠지 초조한 느낌이 드리워져 있었다.

"그렇다면 소인들은 나뉘어서 기데온 주변을 탐색하겠소이다."

"부탁드립니다. 콜록, 저도, 바로⋯⋯."

"무리하지 마시길."

닌자들은 그렇게 말하고 제각각 흩어져 그림자처럼 사라진 뒤 어디론가 떠나갔다.

"아, 레이 씨⋯⋯!"

그런 그들을 보낸 릴리아나는 우리들이 근처에 있다는 것을 눈치채고 말을 걸었다.

역시 왠지 초조한 것 같은 말투였다.

"릴리아나 씨, 괜찮으신가요?"

척 보기에도 안색이 나빠서 몸 상태가 안 좋다는 것은 분명했다.

"콜록, 죄송합니다. ⋯⋯실은⋯⋯ 전하께서 탈주하셔서요. 혹시 보지 못하셨나요?"

하지만 릴리아나가 한 대답은 내가 듣고 싶었던 몸 상태에 대한 말이 아니었다.

그와 동시에 또 그녀가 그 엘리자베트로 인해 곤란한 상황에 처했다는 것을 짐작했다.

"⋯⋯아뇨."

나는 그녀의 질문에 고개를 저으며 대답했다.

왕국의 제2왕녀인 엘리자베트는 자유분방한 소녀이고 그와 동시에 탈주의 천재이다. 그녀가 머무르고 있는 기데온 백작 저

택에서 탈주하는 것은 일상다반사였다. (그럼에도 불구하고 공무가 있을 때는 그쪽을 우선시하니 분별을 전혀 하지 못하는 것은 아닌 모양이다)

근위기사단이나 만렙 닌자들의 감시를 피해 탈주하는 것을 보니 엘리자베트의 기량도 짐작이 갔다. 정말 아직 직업도 없는 어린애인가 하는 의문도 들었다.

……뭐, 엘리자베트의 탈주 능력이 올라버린 가장 큰 원인은 왠지 모르겠지만 현실에서 그런 기술을 익히고 있던 루크의 지도를 받았기 때문이겠지만.

우리 파티는 좀 특이한 멤버가 많다니까.

『그대도 포함해서 말이지.』

……부정할 수 없을 것 같다.

"그래도 그건…… 이렇게 말하긴 좀 그렇지만 항상 있던 일 아닌가요…….."

"네. 하지만 이번에는 사정이 좀 달라서요…….."

"사정?"

몰래(사실 대놓고) 산책하는 건 항상 있던 일인데…… 아니라는 건가?

"사실 얼마 전부터 전하의 탈주에 대비하기 위해서 전하께 [주얼]을 가지고 다니시게끔 했는데요."

[주얼]은 테이밍한 몬스터를 넣기 위한 아이템이다.

그리고 테임 몬스터는 소유자를 따른다. 종속 캐퍼시티 안에 들어가지 않더라도 파티 칸을 쓰면 어린애나 레벨이 낮은 인간도 다룰 수 있다.

"그렇군요. 탈주를 막지 못한다면, 탈주하더라도 항상 함께 지낼 호위를 붙인다는 거네요."

안전을 따지면 이치에 맞는 조치다.

"네. 기데온 백작이 자기 연줄로 순룡을 입수해서, 콜록, 그걸 전하께 헌상한 거예요……."

"그거 참……."

순룡은 시판되는 경우가 거의 없기에 가격이 엄청나다. 아룡조차 수백만 릴이다. 순룡은 그 열 배는 가볍게 넘을 테니 막대한 가격이라 할 수 있다.

백작이 그렇게 귀중하고 비싼 순룡을 헌상한 것은 저번에 일어났던 프랭클린 사건 때 엘리자베트가 유괴되었다는 것에 책임을 느끼고 사죄한다는 의미가 클 것 같다.

……그건 그렇고 기데온 백작은 엄청 부자구나. 〈마스터〉에게 준 포상금과 유족에게 준 위로금, 도시의 부흥 자금, 그리고 기데온 닌자부대의 창설 비용 등을 대고도 아직 재력에 여유가 있다.

프랭클린이 기데온을 표적으로 선택한 이유가 왕국에서 가장 자금력이 뛰어난 귀족이기 때문일지도 모른다.

"그래서…… 그 순룡의 이름은 [스텔스 드래곤]이라고 하는데요."

"호오. 스텔스, …………**스텔스?**"

뭐지, 매우 기분 나쁜 예감이 든다.

"[스텔스 드래곤]은── 등에 태운 사람과 함께 자취를 감출 수 있는 드래곤이에요."

……왠지 사정이 짐작가기 시작하는데.

"그 특성상 여차하면 전하를 태우고 도망칠 수 있으니 기데온 백작도 남몰래 붙이는 호위로서 가장 적합하다고 생각하고 바친 모양인데요……."

"……탈주에도 가장 적합했던 거군요."

다시 말해, 그 탈주왕녀에게 최강의 아군이 생겨버렸다는 건가.

아니, 그러면 덩치가 크고 날 수 있는 마리나 마찬가지잖아.

아르캉시엘이 없긴 하지만 골치 아픈 정도로 끝날 일이 아닌데.

"네……. 그런데 전하와 [스텔스 드래곤]이 아침부터 보이지 않아서요……. 혹시나 기데온 바깥으로……."

"그럴…… 수도 있겠네요."

닌자들 중에는 마리와 마찬가지로 은밀 계통인 사람도 많다.

은밀 계통은 숨는 것, 그리고 숨겨진 것을 발견해내는 능력이 뛰어나다. 그런 그들이 지금까지 발견하지 못했다면 기데온에는 없을 가능성이 크다.

요즘 기데온은 기데온 닌자부대의 존재로 인해 치안이 좋아져서 위험한 것들은 많이 줄었다.

하지만 그것은 몬스터가 돌아다니는 도시 바깥까지 적용되지 않는다.

순룡이라는 호위가 있다 해도 이 세계에서는 자연스럽게 그것을 뛰어넘는 강력한 존재가 갑자기 습격할 수도 있는 것이다.

"기데온 닌자부대 분들에게는 기데온 바깥까지 감시망을 넓혀 달라고 했고, 저도 이제 전하를 찾으러 바깥으로…… 콜록."

릴리아나가 그렇게 말하고 나서 걸어가려 한 직후, 기침하면서 비틀거렸다.

처음 봤을 때부터 신경 쓰이긴 했다. 얼굴이 빨갛고 기침도 하고 있다.

척 보기에도 감기 증상이었다.

"죄송합니다……."

"[감기], 인가요?"

"……네. 하지만 왕도에서 유행한 것과는 달리 그냥 [감기]니까요……."

덴드로에서는 여러 가지 병들도 병독 계열 상태이상의 한 종류다.

하지만 독과는 다르게 좀 골치 아픈 점도 있다.

그것은 [쾌유 만능 영약(에릭실)]이나 해독약 같은 것들이 효과가 없는 병이 많다는 점.

예전에 내가 걸렸던 [식중독]처럼 바로 약을 먹고 낫는 경우도 있지만 그중에는 〈유행병〉처럼 초급 직업의 회복 스킬을 사용해야만 하는 것도 있다.

하지만 초급 직업의 치료 같은 것을 쉽게 받을 수는 없기에 그렇게 낫기 힘든 병은 약사 계통이 만든 약으로 조금씩 낫게 하거나 자연적으로 회복되는 것을 기다리게 된다.

아니면…….

"……릴리아나 씨. 오늘 전하가 탈주하기 전에 만나셨나요?"

"네. 하지만 그다음에 바로 사라져버리셔서……."

……그렇구나. 이제 알겠어.

"알겠습니다. 저도 찾아볼게요. 하지만 릴리아나 씨는 기데온에서 안정을 취해주세요."

"하지만……!"

"저한테, 맡겨주세요."

내가 그녀의 눈을 보며 그렇게 말하자 릴리아나 씨는 잠시 망설인 다음 고개를 끄덕였다.

"……알겠, 습니다. 전하를 부탁드릴게요."

"네, 반드시."

나는 그녀의 말을 듣고 고개를 힘껏 끄덕인 뒤 초소를 떠났다.

[퀘스트 [사람 찾기——엘리자베트 S 알터 난이도 : 5]가 발생하였습니다.]

[자세한 내용은 퀘스트 화면에서 확인해주세요.]

표시된 알림을 보며 한 달 전에 있었던 어떤 사건을 떠올리면서.

◇

나는 초소를 나선 뒤 실버를 아이템 박스에서 꺼내 올라탔다.

왼쪽 의수로 고삐를 잡자 네메시스도 내 뒤로 뛰어올랐다.

그 직후, 나는 실버의 《바람발굽》을 기동하여 공중을 달리며 목적지로 향했다.

"레이. 그대는 엘리자베트가 어디 있는지 알고 있는 게냐?"

"그래. 엘리자베트는 십중팔구 [감기]에 잘 듣는 식자재를 구하러 갔을 거야."

덴드로의 식사 중에는 '먹으면 건강해지는 것'이 많고, 그중에는 [감기]에 잘 듣는 식자재도 있다. [감기]에 효과가 있는 식자재는 여러 가지가 존재하며 기데온 주변에서 채취할 수 있는 [클리어베리]라는 과일도 효과가 있을 것이다.

하지만 [클리어베리]는 저번에 왕도에서 발생한 〈유행병〉의 증상을 완화시키는 효과도 있기 때문에 이 기데온에 있었던 것은 전부 다 왕도로 수송되었다. 그 때문에 지금은 재고가 없는 상태라고 알레한드로 씨에게 들었다.

오늘 아침에 릴리아나가 [감기] 때문에 괴로워하는 모습을 보고 엘리자베트가 어떻게든 해주고 싶다고 생각하며 [클리어베리]를 찾으러 갔다고 한다면.

그리고 기데온 안에 있는 가게에서 찾아내지 못했다면…… 순룡이라는 호위와 이동수단을 지닌 그녀가 직접 채취하러 갔을 가능성도 충분히 생각할 수 있다.

"……그 녀석은 행동력이 있으니 말이다."

저번에 퀘스트를 받은 적이 있기에 [클리어베리]의 채취장소

는 알고 있다. 기데온 남서부의 삼림지대…… 〈사우다데 삼림〉
이다.

"그곳에는 그렇게까지 레벨이 높은 몬스터도 없으니 위험도
는 낮을 게야. 어린애 혼자서도 순룡을 데리고 있다면 괜찮을
테지?"

"그곳에 생식하는 몬스터는 아룡 클래스 이하뿐이어서 위험도
는 **낮았어.**"

"……과거형인가."

"그래. 지금은 아니야."

저번 소동 이후로 기데온 주변의 생태계에는 조금씩 변화가
생기고 있다.

그 변화 중 가장 큰 것은 강력한 몬스터가 그 전에 생식하던
범위를 벗어나 기데온 주변까지 이동한다는 것이었다.

저번에 파티로 받을 퀘스트를 확인할 때 남서부 삼림지대에
대한 정보도 얻었다.

그곳에는 지금…… 순룡급 이상의 몬스터가 생식하고 있다.

□■기데온 남서부 〈사우다데 삼림〉

〈사우다데 삼림〉의 중턱에는 한 소녀와 순룡 한 마리가 있었다.

"휴우, 이 정도면 괜찮을 것이야!"

소녀── 알터 왕국 제2왕녀 엘리자베트 S 알터는 바구니에 잔뜩 담긴 [클리어베리]를 보고 만족스러운 듯이 고개를 끄덕였다.

『KYURURU』

옆에 데리고 있던 털이 토끼처럼 돋아난 하얀 순룡── [스텔스 드래곤]인 큐르르(울음소리를 듣고 엘리자베트가 그렇게 이름을 붙여줬다)도 주인의 말에 맞장구를 치는 듯이 울었다.

"그럼 돌아가도록 하자. 벌써 저녁이야. 저녁밥을 먹기 전에 돌아가지 않으면 걱정을 끼치겠지."

실제로는 이미 걱정을 끼치고 있었고, 엘리자베트와 호위 사이에서 괜찮다는 기준이 엇나가고 있었다.

엘리자베트는 큐르르의 등에 올라타서 왔을 때와 마찬가지로 《광학미채》와 《기척차단》 스킬로 모습과 기척을 지우면서 〈사우다데 삼림〉을 떠나려 했다.

그리고 큐르르가 날개를 펼치고 날아오르려 하다가.

『……?!』

갑자기 옆으로 뛰어서 피했다.

그 직후, 지면을 뚫으며 길고 큰 무언가가 나타났다.

『SYAAAAAAAAAAAAA…….』

그것은 코브라와 비슷하게 생긴 뱀머리가 달려 있고 지네 같은 몸통에 달려 있던 여러 마디 다리들을 꿈틀대는 거대한 괴물이었다.

괴물은 고개를 들면서——《광학미채》로 모습을 감추고 있던 큐르르와 엘리자베트를 똑바로 바라보고 있었다.

"뭐, 뭐냐……?!"

『KYURURURU!!』

엘리자베트는 깜짝 놀랐고, 큐르르는 그런 그녀를 떨어뜨리지 않게끔 조심하면서 재빠르게 도망치기 시작했다.

그 직후에 뱀머리 괴물도 큐르르를 쫓아가며 움직이기 시작했다.

그것은 정확하게 큐르르를 똑바로 쫓아오고 있었다.

"큐르르! 날 수 없느냐……?"

『KYURURU……!』

큐르는 일부러 하늘로 날아오르지 않고 땅을 달려갔다.

그렇게 한 이유는 날려고 하면 죽는다는 것을 본능으로 이해하고 있기 때문이었다.

그녀들을 쫓아오고 있는 몬스터의 이름은 [바이퍼 헤드 드래그 웜].

맹독과 웜 특유의 지중 잠행능력—— 그리고 뱀 특유의 《열원 감지》 스킬을 지니고 있는 순룡급 몬스터이다.

큐르르가 《광학미채》로 모습을 감추더라도 [바이퍼 헤드 드래그 웜]은 적외선 탐지처럼 그 모습을 계속 포착해낼 수 있다.

『SYUAAAAAAAAAAAAAAAA!!』

큐르르는 순룡이지만 광학능력을 이용한 도주와 기습이 특기이고, 스테이터스는 순룡 중에서도 낮은 편이다.

그에 비해 [바이퍼 헤드 드래그 웜]은 스테이터스가 높은데다 큐르르의 가장 강한 특기인 《광학미채》를 《열원감지》로 무력화시키고 있다.

천적이라고도 할 수 있는 상대. 유일한 돌파구는 하늘로 도망치는 것이지만, 날아오르는 순간에 그 틈을 노리고 독액을 토해내면 바로 끝장이다.

좀 더 거리를 벌려야만 하지만 정확하게 쫓아오고 있는 [바이퍼 헤드 드래그 웜]과의 거리는 오히려 좁혀들기 시작했다.

이윽고 그 독이빨이 큐르르와 등에 타고 있던 엘리자베트에게 박히려 했고.

"──《카운터 앱숍션》."
빛의 벽이 그 이빨을 가로막았다.

"어?"
『KYURU……?』
엘리자베트와 큐르르가 격돌음을 듣고 돌아보려고 했을 때,
"그대로 돌아보지 말고 뛰어! 거리가 벌어지면 날아서 도망쳐!"
소리를 지르는 듯한 지시를 듣고 앞을 보며 그대로 뛰어갔다.
이윽고 충분히 거리를 두자 큐르르는 하늘로 날아올랐다.
그때, 엘리자베트는 처음으로 뒤를 돌아보았다.

거기서는── 은빛 말을 탄 검붉은 기사가 뱀머리 마충과 대결하고 있었다.

◇ ◇ ◇

□[성기사] 레이 스탈링

후방에서 용의 날갯소리가 들리자 나는 안도의 한숨을 쉬었다.
『아슬아슬했구나.』
"진짜……."
조금만 더 늦었다면, 그렇게 생각하니 소름이 돋았다.
제때 와서 정말 다행이다.
『자, 이제 눈앞에 있는 뱀머리를 어떻게든 해야 하겠지.』
"그래."
눈앞에 있는 뱀머리…… [바이퍼 헤드 드래그 웜]은 꽤나 화가 난 모양이다.
나라는 방해꾼으로 인해 순룡이라는 먹음직한 먹잇감을 놓쳤다는 사실이 매우 불쾌한 것 같았다.
뱀이 위협하는 듯한 소리를 내며 고개를 들고 있었다.
『어떻게 할 게냐? 억지로라도 도망칠 게야?』
"……기데온 근처에 이런 괴물이 있으면 다른 희생자가 생길지도 몰라."
그러면…… 뒷맛이 씁쓸하지.

그러니까.

"지금 여기서── 우리들이 쓰러뜨린다."

『알겠다!』

그렇게── 싸움이 시작되었다.

『SYAAAAAAAAAA!!』

뱀머리가 우리들을 먹잇감이 아니라 살상해야 하는 적으로 간주하고 입을 크게 벌렸다.

그것은 방금 전에 봤던 것처럼 물어뜯는 공격이 아니라 [맹독]브레스.

녹색 연기가 시야를 뒤덮었고, [맹독]으로 인해 내 HP가 맹렬한 기세로 깎이자.

『Form Shift── [The Flag Halberd]!』

그 대미지가── 반전되었다.

네메시스가 흑부기창으로 변형한 것과 동시에 상태이상과 디버프 효과를 반전시키는 패시브 스킬《역전은 나부끼는 깃발과 같이(리버스 애즈 플래그)》가 발동되어 [맹독]의 대미지를 회복으로 바꾸었다.

뱀머리는 자신의 [맹독]을 맞고 멀쩡한 나를 보고 깜짝 놀라 약간 몸을 움츠렸다.

그 틈을 타서 오른손의 [장염수갑]으로《지옥독기》를 발동.

그와 동시에 실버의 [바람발굽] 배리어를 발동시켜 나 자신을 3중 상태이상으로부터 보호했다.

보아하니 뱀머리가 비틀대고 있었다. 뱀머리 자신도 사용하는

[맹독]에는 내성을 지니고 있었던 모양이지만 [쇠약]과 [어지러움]은 뱀머리에게도 효과가 있는 모양이었다.

"상황은 갖춰졌다. 하자! 네메시스!"

『알겠다!』

싸우는 방식은 [갈드랜더] 때와 마찬가지다.

상대방의 공격을 맞고 [맹독]을 《역전은 나부끼는 깃발과 같이》로 역전시키며 회복하고, 마지막으로는 《복수는 나의 것》으로 축적된 대미지를 두 배로 돌려주며 쓰러뜨린다.

이번에는 머리를 날리더라도 파워업하는 패턴이 아니겠지.

『그런데 [쇠약]을 걸더라도 스테이터스는 비교하는 것도 바보같을 정도로 저 녀석이 더 높겠지. 실수를 거듭하다간 HP가 전부 깎여서 죽을 게야.』

"그렇겠지."

나 자신은 아직 아룡과 비슷하거나 그에 못 미치는 스테이터스일 테니까.

"승률은 4할 정도려나?"

『하하하! 그래! 4할인가!』

내 말을 듣자 네메시스는 웃으며 대답했다.

『그거…… 지금까지보다는 훨씬 낫구나!』

"진짜 그렇네!"

우리들은 지금까지 겪어온 싸움을 떠올리며 적에게 뛰어들었다.

실버를 타고, 네메시스를 들고 강대한 적과 격돌한다.

지금까지도, 그리고 앞으로도 우리들은 가능성을 붙잡기 위해 힘든 상황에 도전할 것이다.

　적의 이빨에 몸이 깎여나가면서도, 자신의 칼날로 상대방을 조금씩 깎아내면서.

　때로는 사선을 넘나드는 듯이 상대방의 연속공격을 아슬아슬하게 피하고, 때로는 상대방의 예상치 못한 행동에 허를 찔리면서, 우리들은 싸웠다.

　싸움은 길었고, 한 시간 넘게 싸우고 나서.

　"『《복수는—— 나의 것》!!』"

　우리들의 일격은—— 뱀의 머리를 날려버렸다.

◇

　뱀머리와의 전투를 마치고 우리들은 기데온으로 돌아왔다.

　"……지쳤어."

　"그렇게 오래 싸웠으니 그럴 만도 하겠지."

　걸렸던 [맹독]은 회복 아이템으로 치료했지만 피로까지는 사라지지 않았다.

　왠지 무거운 몸을 움직이며 거리를 걸어갔다.

　"하지만 엘리자베트도 무사히 돌아와서 안심했어."

　그 이후로 무사히 돌아왔는지 확인하기 위해 초소로 가보니 엘리자베트가 릴리아나에게 혼나고 있었다.

바깥으로 탈주하게 된 요인이 된 순룡(이름은 큐르르인 모양이다)도 엘리자베트가 애완동물로 계속 키우게 되긴 했지만 소유자를 변경하여 탈주에 써먹지 못하게끔 할 모양이었다.

앞으로는 탈주할 염려가 없어질 때까지 호위 기사가 돌아가며 관리하게 될 것 같다.

……왠지 어렸을 때 어머니에게 장난감을 몰수당했던 것이 생각나네.

엘리자베트는 슬픈 듯이 혼나고 있긴 했지만 자신이 릴리아나와 다른 사람들에게 걱정을 끼쳤다는 것을 이해하고 있어서 슬픈 것이었기에 역시 나쁜 애는 아닌 모양이었다.

그리고 그녀가 조심조심 내민 [클리어베리] 바구니를 보고 릴리아나가 울상을 지은 것도 인상적이었다.

"아무튼 해피엔딩이라는 게야."

"그래. 무사히 끝나서 한숨 돌렸지."

……그런데 릴리아나의 퀘스트를 받아서 여자애를 찾다가 웜하고 대결하게 되다니.

내가 덴드로에서 처음으로 한 퀘스트와 똑같다.

나와 네메시스가 만났던 최초의 싸움.

그때 나는 [데미 드래그 웜]하고 대결해서 네메시스와 함께 아슬아슬하게 가능성을 잡아냈다.

그리고 오늘은 그때 싸웠던 [데미 드래그 웜]보다 강한 몬스터와 대결했고, 그때처럼 가능성을 잡아냈다.

하지만 그때보다는 어느 정도 여유가 있었다.

"그것이 나와 그대의 성장이다, 레이."

이쪽 시간으로 한 달 전과 지금, 그만큼 바뀌었다는 거겠지.

하지만 그날과 오늘의 가장 큰 차이는 강해진 것이 아니다.

오늘은 네메시스가 처음부터 곁에 있어주었다.

그날 나는 밀리아를 지키기 위해 상처투성이가 되었고, 그럼에도 불구하고 가능성을 원했고, 네메시스가 응답해주었다.

오늘은 네메시스가 처음부터 곁에서 나를 받쳐주었다.

분명 그게 가장 다른 점이겠지.

"…………."

아마 앞으로도 지금까지처럼, 오늘처럼 사건의 소용돌이에 휩쓸리게 될 수도 있을 것이다.

지금까지보다 더 힘든 사건에 휩쓸릴지도 모른다.

그 사건들은 분명히 치열하고 무시무시할 것이다.

하지만.

"응? 갑자기 나를 보다니, 왜 그러는고?"

"아니……."

앞으로 무슨 일이 있다 해도.

파트너(네메시스)와 함께라면…… 뛰어넘을 수 있을 것 같다는 생각이 들었다.

내 일상은 네메시스와 함께 위기를 조금씩 뛰어넘으면서 이어져 나간다.

"자, 이제 완전히 밤이 되었으니 밥이라도 먹으러 갈까?"

"으음. 뱀머리의 [보물궤]에는 환금 아이템이 잔뜩 들어 있었으니 말이다. 그 돈으로 맛있는 것을 잔뜩 먹어보자꾸나!"

"……너무 지나치지 않는 범위로 부탁할게."

그렇게 이야기를 나누며 나는 네메시스와 함께 해가 저문 거리를 걸어갔다.

Episode End

곰『후기 시간이다곰~! 곰 형님, 슈우 스탈링이다곰~.』

고양이 "후기의 황야에서 분량을 추구하는 체셔입니다!"

우 "후기의 황야라니, 그게 뭐냐……. 신우다."

고양이 "자, 중기에서도 말씀드렸습니다만 무사히 제1부가 끝났습니다."

곰『독자 여러분 덕분에 무사히 여기까지 낼 수 있어서 감사하다곰~.』

고양이 "네. 평가가 좋았기 때문에 5권이라는 분량을 써서 제1부를 정리할 수 있었습니다."

우 "중기에서는 그렇게 말했지만 페이지에 여유가 있었기에 신규 집필도 가능했던 거지."

고양이 "네, 이번 신규 집필 중편에서는 레이 군의 현실 쪽 이야기가 묘사되었습니다."

우 "돌아보니 정말 지금까지 계속 로그인해 있었군."

곰『1권에서 로그인하기 전과 데스 페널티를 받은 뒤에만 현실로 돌아갔다곰.』

고양이 "하지만 덴드로도 일단 VRMMO물이라는 장르니까요."

고양이 "'역시 현실 이야기도 중요하다'고 생각해서 나오게 된 것이 이번 중편입니다."

고양이 "현실이 있기에, 그리고 현실과의 차이가 있기에 VRMMO인 거죠!"

우 "……그런데 그 녀석은 현실하고 너무 다르지 않나?"

곰 『그 녀석?』

우 "중편에서 삽화에 나온 녀석."

곰 『아…….』

고양이 "담당편집자인 K씨가 '삽화는 프란체스카로 하죠'라고 해서요."

고양이 "작가도 정말 깜짝 놀랐다고 합니다."

곰 『참고로 타이키 씨의 요청사항이었다고 한다곰.』

우 "사랑받고 있군……."

고양이 "앞으로도 매드 사이언티스트(덴드로)와 쿨 계열 미인 (현실)이라는 두 얼굴을 지닌."

고양이 "Mr. 프랭클린을 잘 부탁드립니다."

우 (……그 녀석을 잘 부탁해서 어쩌겠다는 거야?)

곰 『여기서 매번 보시던 작가의 진지한 코멘트 타임이다곰.』

이번에 인피니트 덴드로그램 제5권, 그리고 제1부를 끝까지 읽어주셔서 감사합니다.

지지해주신 독자 여러분 덕분에 무사히 여기까지 올 수 있었습니다.

또한 앞서 발표된 Book Walker 주최 신작 라노베 총선거 2017에서 인피니트 덴드로그램이 1위를 수상했습니다.

K씨에게서 들은 말로는 독자 여러분과 서점 직원 분들의 투표가 많았기에 1위 수상으로 이어졌다고 합니다.

제1부 완료와 함께 진심으로 감사드립니다.

자, 제1부가 끝났지만 인피니트 덴드로그램의 이야기는 계속됩니다.

앞으로는 제6권부터 시작되는 제2부뿐만이 아니라 단편집 같은 것도 전개해나가게 될 것 같습니다.

새로운 캐릭터, 새로운 전개, 그리고 새로운 배틀, 보다 뜨거워지는 인피니트 덴드로그램을 함께 해주신다면 좋겠습니다.

앞으로도 인피니트 덴드로그램을 잘 부탁드립니다.

카이도 사콘

고양이 "자, 작가의 코멘트가 끝났으니 슬슬 다음 권 예고를……."

곰 『이번에는 체셔가 해도 된다곰.』

고양이 "어?"

우 "전부터 하고 싶어 했고, 제1부 마무리니까."

고양이 "……둘 다 고마워!"

고양이 "좋아, 그러면 간다! 제6권은……."

?『제6권은 2017년 연말 예정이여~.』

고양이 "어? 어어?!"

곰 『방금 시원스럽게 나타난 누군가가 예고를 빼앗아갔다곰…….』

우 "……그래, 중편에서 약간 일찍 나온 그 녀석인가."

고양이 "으으…… 흐냐아아아앙?! 도둑고양이이이이이!!"

곰 · 우 ((아니, 고양이는 너잖아…….))

? "그니께 내가 본격적으로 등장하는 제6권도 잘 부탁혀~ ♪"

안녕하세요. 천선필입니다.

인피니트 덴드로그램 5권, 재미있게 읽으셨는지 모르겠습니다.

이번 5권에서는 1권부터 이어져 왔던 내용, 1부를 마무리 짓고 그 뒤로 이어진 짤막한 이야기들을 들려주며 끝을 맺었습니다. 지난 4권 끝부분도 그랬지만 이번 5권의 본편이라 할 수 있는 프랭클린 편의 마무리 부분도 굉장히 인상 깊게 다가온 것 같습니다. 중기에서 곰 형님이 말했듯이 멋진 마지막 회 같은 느낌이 들었네요. 물론 앞으로도 이야기가 계속 이어지게 되지만 말이죠.

그 프랭클린 편을 멋지게 마무리한 건 역시 주인공인 레이였지만, 제 개인적인 생각으로는 곰 형님, 슈우의 임팩트가 더 크게 느껴졌습니다. 등장 전의 대화, 위기에 처한 상황에서 등장한 모습, 그리고 그 뒤로 이어진 활약. 게다가 거함거포주의를 연상케 하는 발드르까지. 이번 5권의 표지에는 라이트노벨 치고는 특이하게 곰 인형옷(……)이 떡하니 자리를 잡고 있는데요. 내용을 보니 그럴 만도 하겠다며 납득할 수 있었습니다.

프랭클린 편이 끝난 다음 이어진 에필로그와 단편, 중편에서도 눈길을 끄는 것들이 꽤 많이 보였습니다. 작중 등장인물들은 결국 알아내지 못했던 왕도 봉쇄 테러의 범인, 이제 당하는 역할을 전문으로 맡게 된 듯한 엘드릿지, 티안의 시점에서 〈마스터〉들을 어떻게 생각하는지 조금이나마 알려준 릴리아나, 마치 모 중2병 아이돌을 연상케하는 줄리엣, 깨알같이 들어가 있는 모 붉은 혜성의 모빌슈트와 모 이능생존체의 아머드 트루퍼 이야기도 그렇네요.

그중에서도 앞으로 전개될 이야기를 위해 중편에 깜짝 등장한 듯한 인물들이 있었죠. 작가분 후기에도 나온 내용이지만 삽화까지 따내며 존재감을 과시한 프란체스카…… 프랭클린. 그리고 체셔가 후기에서 겨우 얻어낸 분량을 낚아챈 수수께끼의 인물. 레이가 그런 등장인물들과 어떤 이야기를 펼치게 될지 궁금해집니다.

감사의 말씀 드리고 매번 다른 곳으로 탈선하는(……) 후기를 마치려 합니다.

항상 고생이 많으신 소미미디어 담당 편집자 분 및 관계자 여러분, 감사드립니다. 부족한 저 때문에 매번 수고를 끼쳐드리는 것 같아 죄송스러울 따름입니다.

그리고 못난 아들 때문에 마음고생이 많으신 아버지, 어머니, 누나. 이번에는 우리 가족에게 좋은 소식도 있었으니 앞으로도 이렇게 행복한 일만 있었으면 좋겠네요.

그리고 누구보다 큰 감사를 드리고 싶은 독자 여러분, 이런 후기도 독자 여러분 덕분에 쓸 수 있는 거라 생각합니다. 진심으로 감사드립니다.

프랭클린 편이 끝났으니 다음 권부터는 또 새로운 이야기가 펼쳐지겠죠. 6권 〈월세회〉, 기대하셔도 좋으리라 생각합니다.

항상 건강하시고 행복한 하루 보내시길 바랍니다.
감사합니다.

천선필

Infinite Dendrogram 5
© 2017 Sakon Kaidou
Originally published in Japan in 2017 by HOBBY JAPAN Co., Ltd.

인피니트 덴드로그램 5 가능성을 잇는 자들

2018년 3월 1일 1판 1쇄 발행
2020년 2월 28일 1판 3쇄 발행

저　　　자	카이도 사콘
일 러 스 트	타이키
옮 긴 이	천선필
발 행 인	유재옥
본 부 장	조병권
담당편집자	김민지
편집 1팀	정영길 김민지 조찬희
편집 2팀	김다솜 이본느
편집 3팀	박상섭 김효연
미　　　술	강혜린 박은정
라이츠담당	김슬비
디 지 털	박지혜 이성호
인쇄제작처	코리아피앤피
발 행 처	㈜소미미디어
등　　　록	제2015-000008호
주　　　소	서울시 마포구 토정로222, 403호 (신수동, 한국출판콘텐츠센터)
판　　　매	㈜소미미디어
마 케 팅	한민지 한주원
물　　　류	허석용 최태욱
전　　　화	편집부 (070)4164-3962, 3963 기획실 (02)567-3388
	판매 및 마케팅 (070)4165-6888, Fax (02)322-7665

ISBN 979-11-6190-355-2 04830
ISBN 979-11-5710-725-4 (세트)